普洱茶精选指南

坤土之木 著

中国财经出版传媒集团
中国财政经济出版社

图书在版编目（CIP）数据

普洱茶精选指南 / 坤土之木著. -- 北京：中国财政经济出版社，2023.3

ISBN 978 - 7 - 5223 - 1908 - 7

Ⅰ.①普… Ⅱ.①坤… Ⅲ.①普洱茶 - 基本知识 Ⅳ.①TS272.5

中国国家版本馆 CIP 数据核字（2023）第 021546 号

责任编辑：王 芳　　责任校对：张 凡

封面设计：思梵星尚　　责任印制：党 辉

普洱茶精选指南

PUERCHA JINGXUAN ZHINAN

中国财政经济出版社 出版

URL：http：//www.cfeph.cn

E - mail：cfeph@cfeph.cn

社址：北京市海淀区阜成路甲 28 号　邮政编码：100142

营销中心电话：010 - 88191522

天猫网店：中国财政经济出版社旗舰店

网址：https：//zgczjjcbs.tmall.com

北京富生印刷厂印刷　各地新华书店经销

成品尺寸：170mm × 240mm　16 开　12.25 印张　177 000 字

2023 年 3 月第 1 版　2023 年 3 月北京第 1 次印刷

定价：60.00 元

ISBN 978 - 7 - 5223 - 1908 - 7

（图书出现印装问题，本社负责调换，电话：010 - 88190548）

本社质量投诉电话：010 - 88190744

打击盗版举报热线：010 - 88191661　QQ：2242791300

TEA

茶

序　一

坤土之木，是我的博士后学生，我们研究信托将近二十年，很是用功，也有很多成果。

他是一个比较特别的学生，常常“不务正业”，自称是财务健康和身体健康领域的“跨界人士”，普洱茶是他首推的健康伴侣。记得十年前，他兴冲冲地拿普洱茶跑来见我，鼓吹了一通养生功效，半是规劝、半是强求要我喝。念他真诚，我认真喝了几次，不过没坚持住——茶汤中阵阵“稻草”气息，让人闭眼……幸好，茶文化“输出”暂停了，我和普洱茶的缘分好像也打住了。

事情在不经意间有了变化。2022 年夏天，我们师徒二人黄浦江边相聚，讨论中国的信托制度。正题说罢，他又提起普洱茶。话题初开便吸引了我：茶类选择偏好因何而来？

他说起多年的思考：中国是茶叶起源地，长期主流是绿茶；全球范围销量最大的是红茶；边疆各民族多喜欢黑茶和普洱茶；最近二十余年，国内开始流行普洱茶和黑茶。茶类选用是人们一时的偏好吗？

他说，决定茶叶选择的关键因素是饮食结构，是身体在日常饮食结构下的自然选择：肉食摄入多的群体偏好高茶色素的茶类，如红茶、黑茶和普洱茶；肉食摄入少的群体偏好高茶多酚的茶类，如绿茶和黄茶。国人从很少喝普洱茶到接受普洱茶，生活水平改变、肉食摄入量猛增是最主要的原因。他用一堆饮食结构数据和一项关于熟茶功能的国外研究，用时代背景下的人口结构、饮食结构所决定的健康需求，说明了高茶色素茶现实与未来的长期价值。

过去，我曾经注意过古今中外茶类使用和传播路径，但没有过多去想背后的原因，今天有了一个算是合理的解释：生活，就是原因！日常的生活与饮食习惯让普洱茶成为前人健康的必备；它也预示了一个前景：在生活水平不断提高的未来，普洱茶特定的功能对人们健康的帮助也许会远超想象！

满是“稻草”味的普洱茶能流行吗？他说，十年前古树熟茶还不多见，当年拿来的是新茶，前几泡会有明显的渥堆味道——“稻草”气息，需要一些冲泡技巧，才能让味道好起来。他像模像样地摆起架势，为我泡了一款茶龄近十年的熟茶，专门多洗了两泡，我尝后感觉，味道真的很不错！

普洱茶看起来有些复杂，不懂行的人怎么选择适合的品质呢？他笑容满面，十分得意地吹嘘他的成果：“普洱茶品质选择解决方案。”

疫期宅居，他把普洱茶品质选择的知识做了整理，开发出一个评价方法，立志帮助世人选茶。他的成果就是呈现给各位读者的这本书。

认识、熟悉、选择、使用普洱茶，是件很有意思的事情。

希望饮茶跟随时代的进步，成为生活中的好习惯，伴着文化、随着生活、陪着健康，为自己，为家人，为了大家。

希望这本书能对大家有所帮助。

是为序！

原中国银监会非银行金融机构监管部主任　高传捷

2023 年元旦

序　二

我和坤土之木博士是老相识。我和他初识于酒，他后爱上了普洱，开始了我们以茶论道的阶段。我是个好茶者，游历了云南班章、老曼峨、冰岛、困鹿、千家寨、景迈、易武、南糯等很多老树茶园，也游历武夷山、安徽黄山以及四川雅安，好天下之好茶。我和他近年大多以道论茶。他尤好以侠谈茶山英雄榜：以班章为郭靖，冰岛如张无忌，困鹿似段誉，更间以左右侧交易导引买茶和存茶的原则，意气风发，理性存中。

坤土之木博士大疫期间完成了《普洱茶精选指南》一书，以其道入茶经。开篇就娓娓道来，从茶通经络到肉食对发酵茶（茶色素丰富）需求增加，中西合璧解析了茶之奥秘和需求变化特征，引人入胜。文笔转接其擅长的理财和基金组合之道，其实用之道更是书中之精华，以其中西合璧之道、理性和灵性结合的思路对茶叶做了实用评级。理性是茶本身，原料、工艺、陈放，包括天时、地利等，将海拔、产区、年份等自然之要素包括其中。而灵性中更把香气、口感和体感相配，看似与葡萄酒的评级相仿，但好一个体感，将茶通经络的特殊之意表露无疑。以茶通经也成仙。

评级一直是中国茶叶品鉴的短板，勐海茶厂借芳村评级起飞于收藏，但一般大众因茶叶“水”深而难以与茶结缘。

此书借评级让茶叶实用之道走进百姓之间，如葡萄酒不用细分，帕克 90 分以上就是好酒——评级直接带你入段，价格和品质会透明，茶品牌也会爱惜羽毛。此书内容丰富，情趣盎然。读此书如品名山美茶，特此推荐。

中国社科院经济研究所　张平

2023 年元旦

目　录

出场人物

坤土之木：基金从业人士，葡萄酒伪专家，普洱茶观察家。

泉　　慧：银行从业人士，骨灰级老茶客，深得茶禅一味。

川　　普：银行从业人士，精细范老茶客，中西合璧探茶。

呼吸有道：传统文化人士，崇尚天人合一，茶气可通经络。

花间一壶：证券从业人士，从观望到关注，生茶熟茶皆好。

春秋小仙：证券从业人士，独特海外视野，力挺中华茶道。

小 芒 格：投资专业人士，价值投资拥趸，关注健康茶饮。

茶 小 二：资深普洱茶人，最爱熟茶之道，力求工艺最美。

食肉君与品茶客

普洱茶近30年来风头强劲，大有执茶界牛耳之象。虽然喜欢普洱茶的人越来越多，但多数人知之不多，普洱热潮不过是饭后谈资。更有人把普洱热潮归于炒作或者资本，讥讽爱茶者被收了智商税。人们为何会喜欢香气一般的普洱茶？答案：饮食结构改变后的身体选择！正如欧美人喜欢红茶多过绿茶。在国民肉食摄入不断增长的背景下，普洱茶的未来将更加可期。

地点：木子理茶舍

人物：坤土之木、呼吸有道、花间一壶、小芒格

2021 年 6 月，即辛丑年甲午月，茶友相聚木子理茶舍，共同品尝一款少见的红茶——云南古树晒红。

申时，大家又一次聚齐。差不多半年时间没约茶，茶友见面免不了一通热情寒暄。

从红茶中的茶黄素说起

传统文化达人兼普洱茶深度爱好者——呼吸有道率先发声："坤土之木，听说今天要尝一款红茶？这有点意外。近些年只见你喝普洱，怎么又喝上红茶了？"众人都纷纷点头，表示同有此问。

我哈哈一乐："肯定是大有缘故，一是我发现了一个茶界隐秘，跟红茶关系匪浅，今天要跟大家探讨一番；另一点是因为'冠状君'！春节期间宅家读书，无意中翻出一篇 2005 年老论文，讲茶黄素能在一定程度上抑制'冠状君'。"

股票达人小芒格反应快："红茶里的茶黄素多？"

我卖了个关子："你这话对也不对。"

小芒格刚一皱眉，我又接着说："说对呢，那篇论文的确是说红茶里的茶黄素比绿茶和岩茶多；要说不对呢，普洱熟茶里的茶黄素比红茶还要多。当然，红茶和熟普的茶黄素都达到了效果显著的程度，两者都有用。"

小芒格翻了翻白眼："这论文不会是云南人写的吧？专门论证熟普和红茶有价值。我好像 2 月底看到有个来自浙江的实验，说绿茶里的茶多酚能抑制冠状病毒。"

我摇了摇头："论文不是来自云南，而是来自台湾。论文发表在美国食品药品管理局（FDA）旗下杂志——《循证补充和替代医学》。关键是，我们知道台湾是以岩茶为主的省份，论文里说岩茶效果一般，是比较客观

的态度。”

说话间古树红茶第一泡入杯，大家纷纷举杯，或闻香，或品饮。

小芒格喝了一口随即面露欣喜之色：“不错不错，香气很好，口感也好，跟正山小种不一样，跟祁红也不一样。”

呼吸有道也很满意：“我喝红茶不多，恰恰是因为红茶太香了。但这个香气跟其他红茶不一样，是一种清雅香，我能接受。要不是坤土之木反复强调说这款茶很不一样，我真没打算尝。”

资深证券人士花间一壶直奔关键：“坤土之木，你说这个茶也是云南的，但跟滇红的口感又不一样，是因为那个晒红工艺？”

我竖起大拇指：“正解！这款茶有两个重点，一是古树原料，另一点就是晒红工艺。晒红工艺很简单，就是茶叶发酵完成后用太阳晒干，而不是机器烘干。机器烘干的好处是提香且快，但缺点是抑制了茶叶活性，香气会越来越弱。晒红工艺的温度低，所以茶叶保留了活性，能长时间存放——越来越香！这款茶是2019年做的，现在的香气就比2年前好不少。”

呼吸有道：“是嘛？这款茶可以长期存？那不错。”

我点点头：“这款茶做好后茶小二让大家尝，我一下就喜欢上了。看到红茶有助于抑制冠状病毒，我就张罗大家来品品。”

花间一壶很来电：“刚刚提到两篇论文，结论挺奇怪，茶黄素是从茶多酚转变过来的，那就是说红茶里没什么茶多酚，怎么还会有类似茶多酚的效果？难道更深层的物质成分没变化？还是实验过程不一样？”

小芒格想了想：“我看的那篇文章是说用茶水、开水和瓶装水分别检测病毒复制情况，显示茶水里的冠状病毒复制量下降最明显，绿茶的主要功能物质不就是茶多酚嘛。”

我也想了想：“那篇文章的实验细节记不住，不知道做法是否相同。但我记得核心机理是茶黄素能抑制冠状病毒蛋白酶的复制，普洱茶和红茶里的茶黄素含量远远大于绿茶和岩茶，所以效果更好。”

花间一壶：“那就不好说是怎么回事了。不过，体外试验有效不等于体内有效，而且就算有效也得做临床试验，不然效果确定不了。”

小芒格点头称赞：“对！这一点很重要，所以说西医就是让人信服让人有安全感，过程严谨规范，没有足够的数据积累，不会轻易下结论。”

我低声接了一句："严谨是对的，不过光有严谨还不够。远的不说，西医这次在冠状病毒面前缺少针对性'弹药'，没什么好办法。"

呼吸有道点头："这次新冠肺炎疫情的确是中医作用更大些，西医有点尴尬，好多人说第一次发现中医原来这么厉害。还有一点很重要，有的地方从疫情开始就用中医，整体效果更好一些。"

花间一壶："这个话题打住。我不是中医黑也算不上中医粉，但一听中西医辩论就头疼，这话题争不出个所以然。我们还是回归正题——聊茶。"

大家呵呵一笑，纷纷举杯表示赞同。

普洱茶魅力从何而来

花间一壶顺势换话题："虽说今天喝的是红茶，但还是想问一个普洱茶的问题。我感觉现在关注普洱的人挺多，而且越来越多，为什么会出现这种趋势？坤土之木，这个问题不算偏离主题吧。"

小芒格："好问题，我们老家出绿茶，但我这两年也是喝熟普多。每次坤土之木都会给我一小罐那个什么沱茶，喝完了还得再要。"小芒格是我的同乡兼同学，说话比较放得开。

我翻了翻白眼："给你点就不错了，还嫌少！"

小芒格满不在乎："今天喝完茶，别忘了再给我一罐。"

我装作没听见："花间一壶，你这个问题不仅不偏，还正好在主题上。我今天想跟大家聊的茶界隐秘，不但跟红茶有关，还跟普洱茶有关，本来就要一起探讨。你的问题很有价值，很多人都有此疑问，尤其是对口感看得比较重的茶客，特别不理解普洱茶的吸引力何在。"

呼吸有道："是的，我十几年前也是喝岩茶比较多，特别喜欢那种香气和舌面感。刚接触普洱茶时真觉得香气一般，不，觉得无语。当时看你们对它各种热爱各种赞誉，真心搞不懂。"

花间一壶接过话题："那怎么又喜欢上了？"

呼吸有道思索了一番："这么说，普洱茶最先打动我的应该是口感变化，或者叫复杂度，这跟旧世界葡萄酒的情况差不多。"

花间一壶："你这个说法特别，给我们解释解释？"

呼吸有道："我对葡萄酒有点兴趣，旧世界的和新世界的酒都品。新世界酒虽然打开就能喝，口感也不错，但基本是一个味道，变化少。旧世界酒喝起来麻烦，要先醒酒，而且即便醒一段时间味道也不算好，但后期变化有意思：酒在醒酒器里持续变化，隔一会儿味道变好一些，而且香气和口感交替变化，特别吸引人。"

"后来勉强跟着喝了几次普洱茶，慢慢发现普洱茶的味道变化跟旧世界葡萄酒很像，而且更复杂。比方说老班章，前几泡真的很苦，而且涩的厉害，口感实在是没法说。但先前的几泡过后，苦味涩味都会变淡，转而生津回甘顺滑，等到十几泡的时候，整个就是喝冰糖水的感觉，这变化太有意思了。就这样，一来二去就喜欢上了，这应该是我被普洱茶打动的直接原因。"

我连连点头："用旧世界葡萄酒跟普洱茶相比，真是个好主意，两者共同之处的确不少。有的茶确实跟新世界葡萄酒相似，很好喝，但缺少变化，跟普洱茶不一样。"

花间一壶也点头称是："以前喝普洱少，没这个意识，这一段我专门找了点别的茶喝，是觉得口味变化上少一点。关键一点，没喝普洱之前从来没有这种感觉，只会觉得这个茶香啊，那个茶鲜啊，现在就不这样想了。"

呼吸有道话锋一转："口感变化是最先打动我的地方，但后来变成次要原因了，是另一个因素让我对普洱茶的感觉由喜欢变成热爱。当然还得明确一下，口感上由苦涩到回甘顺滑的变化，还有那种醇厚感和喉韵，仍然是我品味普洱茶的乐趣所在。"

我插了一句："哈哈，这下我知道了，后来让你对普洱茶更加动心的肯定是茶气与体感！"

呼吸有道微笑点头："正是如此！茶气才是让我爱上普洱茶的关键所在。不过茶气总被有人看成玄幻概念，今天我要借用一个外力佐证一下茶气，省得说我神神叨叨的。"

我们会心一笑。

小芒格："难不成你完成了某种科学实验，证明了茶气与经络？"

呼吸有道精神一振："正是如此！不过实验不是我做的，是复旦大学生命科学学院的一个研究团队，还因此发表了论文'茶叶激发的人体红外影像显现经络系统'。"

花间一壶："听上去很牛的样子！"

我也精神一振："我有位茶友是经济学大家，几年前跟我提起过复旦大学的这个团队，我俩还想找机会去拜访拜访，没想到研究成果已经发布了！对了，研究结论是什么？"

小芒格适时打了个岔："呼吸有道，你确定是复旦大学的正规团队啊，不是什么客座挂名联合之类的。"

呼吸有道："是正规团队，而且研究方法也是遵照标准科学理念进行的。"

小芒格咂摸了两下嘴："我这个人比较尊重科学，尊重事实，只要是科学方法证明的东西，我肯定接受，不管夸张不夸张。"

我也有点兴奋，便催促道："言归正传，让呼吸有道给我们好好介绍一下，我对这个研究很有兴趣。"

呼吸有道清清嗓子："行。这篇论文的作者是复旦大学生命科学学院的一位李姓教授，论文发表的期刊叫《*Quantitative Biology*》（中文译名：定量生物学，简称 QB）。《定量生物学》是教育部主管，高等教育出版社和清华大学共同主办的英文学术期刊，主编是美国德州大学达拉斯分校/清华大学的张奇伟教授和北京大学的汤超教授。怎么样，论文作者和发表期刊都够牛吧？"

众人纷纷点头。

呼吸有道欣然继续："复旦大学这项研究的本来目的是找到经络的可视影像，好证明经络是客观存在的。他们试图通过最安全的归经药食来显现影像，因为很多草本药食在服用后会导致相应经络出现内源性发热或酥麻感。这个研究在 2012 年取得了一个突破。研究团队在试验了数百种药食以后，发现归经感受最强的是茶叶。不同茶叶饮用后，人身体的不同部位会迅速发热，甚至会大量流汗。大家都知道，科学研究必须满足可检验可重复这个条件。为证明这种归经感受是客观且可重复的，研究团队采用了个体双盲重复喝茶的方法，为此召集了24位志愿者参与试验。"

"志愿者在盲品的情况下喝同一种茶，并各自记录发热部位。在完成68种茶的试验后，志愿者报告的一致性居然达到了惊人的96%。据此，研究团队得出茶叶归经的初步结论：绿茶对应太阳脉，青茶对应阳明脉，红茶对应少阳脉，白茶对应太阴脉，黑茶对应厥阴脉，只有黄茶并不清晰。"

"直到2017年，研究人员在贵州找到了一种富含黄酮醇的茶树，发现由这种鲜叶制成的黄茶正好对应少阴脉。此后，研究团队从国内及印度、斯里兰卡、日本、美国、新西兰等国收集了512种茶，让人饮用后拍摄身体红外影像。这次的实验取得惊人发现，有些茶饮用后会有强烈的经络流动感，仪器检测发现红外辐射会使体表产生5—8摄氏度的温差，核磁共振也能看到细胞间质中大量液体流动。这些成果与2012年志愿者双盲测试的结果完全一样，进一步证明了茶叶归经是一个可靠的客观现象。"

"红外辐射在饮用茶后的几秒钟内就会被激发，但通常不会同时激发整条经络，只有归经效应特别强的茶种在特定情况下能让整条经络几乎同时发出红外辐射。这也说明不同茶叶的归经情况并不相同，至少在速度或者效率上的差别很大。"

呼吸有道讲到这里不再说话，留出时间让大家品味。这个研究的冲击力显然不小，一时之间居然无人接腔，场面着实安静了一小会儿。

花间一壶率先打破沉默："这岂不就证明了经络是存在的，关键还证明茶叶的归经感最强，难怪你们总是念叨茶气茶气的！"

我心中也很兴奋，但又觉得哪里有些疑惑，便开始低头琢磨。

呼吸有道敏锐地发现了这一点："坤土之木，看你若有所思的样子，是不是有什么心得体会？"

我一边思索着一边斟酌字句："心得倒也谈不上，应该说是有一些好奇。"

小芒格："好奇？你这句话也让我有点好奇！"

我抿嘴一笑："对于茶叶通经络，能验证经络这些，我一点都不惊讶，这很正常，应当如此。但是，刚才呼吸有道介绍的内容确实让我产生了点困惑。首先，六大茶类居然恰好对应人体六经（三阴三阳），如此巧合让我有点意外。其次，我们这些年喝普洱茶，知道不同的普洱茶可以通不同经络，不知道这一点是否被这个研究团队关注到。最后，也是最重要的，研究说有的茶可以快速通行整条经络，但没说是什么茶，我们的经验是古树茶尤其是上年份的古树茶通络效果最明显，不知他们讲的有些茶是不是指古树茶。”

呼吸有道频频点头：“有道理，有道理。你跟我想到一块儿去了，我近几年很关注普洱茶的茶气走向和入体深度。不同茶区不同山头的普洱茶归经不同，这一点是确定的。而且，普洱茶归经不仅可以用宽口径的六经来印证，还可以用更细致的十二经来体会。另外，普洱茶入体的深度很特别，越是年份大的茶入体越深，可以从很深的地方推行气血。一句话，我认为普洱茶通经入络的细致程度还在复旦大学目前的研究结果之上，普洱茶值得挖掘的地方很多。”

众人还在琢磨之际，花间一壶突然来了一句：“我们是要讨论什么话题来着，怎么聊到复旦大学的研究上来了？”

我也是一愣：“对啊，刚才要说什么来着，怎么聊到这儿了？”

旁边小芒格轻轻一笑：“你们这帮人，一聊茶气就兴奋，这下看到有论文就更兴奋地不知所以了。本来是要讨论口感一般的普洱茶是怎么吸引人的，刚刚讨论了一个理由——口感复杂多变，然后又开始讨论第二个理由——茶气与体感，然后你们就一路走向复旦了。”

众人这才反应过来，呼吸有道连忙说道：“对对，我本来就是想说明一下茶气与体感是我喜欢普洱茶的理由，为了不让这一点显得太玄幻，这才引用了复旦大学的研究。”

我点点头：“我非常同意两位的观点，一是口感，二是体感，是普洱茶从深层吸引人的关键两点。”

吃肉、吃素与茶色素

花间一壶话锋一转：“普洱茶的吸引力，今天我算是系统性理解了。

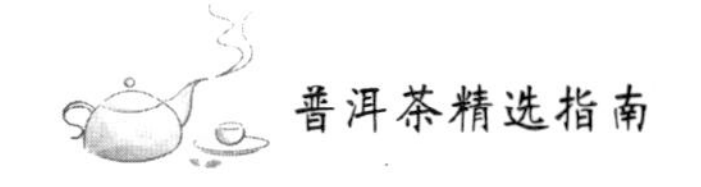

不过，这跟你的茶界小秘密有关系吗？关键是没听出跟红茶有什么关联啊。”

我神秘一笑：“好，那我们就找找关联，顺便揭开小秘密的面纱。先问一个问题，老外喜欢红茶多过绿茶，为什么？”

小芒格来劲了：“就是，这个问题我好奇。按说茶都是从中国运到国外的，最早运过去的茶肯定是绿茶啊，怎么绿茶就没流行起来？反而历史更短的红茶占了主流？”

花间一壶补充：“我觉得这跟普洱茶流行的原因会不会有点像？国内喝茶的主流一直也是绿茶，直到近几十年普洱茶的影响力才变大，但势头特别猛，会不会复制红茶后来居上的情况。”

呼吸有道：“对啊，这事不提不觉得是个问题，提出来又觉得是个大问题。为什么外国人喜欢红茶多过绿茶？难道是跟茶性寒温有关？我想想，外国人喝茶是从西欧开始的，难道是因为气温比较低，所以喜欢性温的红茶？”

我哈哈一乐，但笑而不语。

小芒格接上话头：“好像也不对，我们都知道欧洲人不管天气凉热，都喜欢冰水冷饮，喝凉的才是主流吧，茶性偏凉的绿茶应该更合适啊？”

这一点我深有感触：“对，老外对冰水绝对是真爱。记得我去波尔多看酒庄的那次，有一晚喝多了，第二天胃不舒服很想喝热水。结果在我提出这个要求的时候，服务员看我的表情仿佛见到了外星人，反复确认才给我端来小小的一杯，后来为热水跑了好几趟，彼此印象都很深刻。所以从寒温角度看，我也认为老外似乎更应该选择绿茶而不是红茶。”

花间一壶：“你们一讨论就这么高深，我的想法很简单。以前都是走海路运输，风力驱动，会不会等绿茶运过去之后茶味就淡了，关键是不新鲜也不好喝了。而红茶就没事，运过去味道不变，仍然好喝，最终胜过了绿茶。”

呼吸有道：“这听上去有些道理。”

小芒格不同意：“还是有问题，过去一百年交通条件大改善，现在到欧美空运就是一两天，也没听说绿茶消费量有所上升啊，他们还是喜欢红茶。”

花间一壶挠了挠头："也是。那总得有个原因吧。"

呼吸有道："坤土之木，看你那高深莫测的样子，莫非你知道原因？"

小芒格也注意到了："是的，你好像一直在微笑，感觉你应该是知道点什么。你就别藏着掖着了，赶紧答疑解惑，发挥一下你金融茶博士的基本功能。"

呼吸有道这下乐了："金融茶博士？这头衔听着不错，但推敲起来又有点奇怪。顶多就是金融圈里比较懂茶的，不知道是不是真有水平。"

花间一壶走实用路线："水平高不高不重要，比我高就行。再说了，一入茶圈深似海，谁知道谁是真高手。普洱茶界好像也没听说什么公认的品茶大师吧？"

我赶紧发声："好了，各位不用激将了，我这就贡献观点。刚开始我之所以笑，是因为我近期正好在琢磨这个话题。后来一直笑的原因更简单，因为大家的想法跟我的最初想法简直一模一样。"

小芒格很敏锐："最初的想法？说明你现在已经进入2.0阶段了，赶紧说重点。"

我冲小芒格竖了一下大拇指："果然缜密！你们刚才讨论的内容我是都琢磨过，当然后来也都放弃了。查阅的资料里有些能解释一二，比方说水质的影响——红茶对水质的适应性更好；还有口味的影响——红茶更适合跟奶和糖调饮。但这些解释的说服力似乎还不够，总觉得缺点意思。"

"后来，一篇关于藏族同胞用茶的文章让我豁然开朗。我原来一直以为藏族同胞只用黑茶和普洱茶，后来才知道除了酥油茶之外，他们还喜欢喝一种以红茶为原料的甜茶。关键点在于，不管黑茶、普洱还是红茶，他们都具有去油解腻的共同功效，所以藏区少见绿茶。换言之，藏区同胞选择茶叶的关键点是饮食习惯与身体需要，以牛羊肉为核心的饮食方式，决定了只有茶色素丰富的茶类才能成为必需品，至于到底是黑茶、普洱茶还是红茶，那就要看贸易传统、地理位置与运输条件的综合效果了。"

说到这里，我故意顿了一顿。花间一壶果然就接上了："那听你这意思，老外的饮食结构也是吃肉为主，所以需要茶色素多的红茶呗？按照这个逻辑，到底什么茶能流行，其实是饮食结构和身体感受的最终选择。我明白了，这就是你说的茶界小秘密——吃肉决定喝茶！"

我微微一笑："正是如此！纵观古今中外，漫看茶类分布，我发现了这个隐藏在背后的秘密逻辑——肉食水平决定茶类偏好。"

小芒格："这么一说，好像还真有点道理，至少比从水质和口感上讲要靠谱，你基本上算是说服了我。不过，我又有点好奇了，好像很多少数民族都是喝黑茶为主，为什么黑茶没传出去呢？"

我乐了："谁说没有。刚刚我不是提到了吗，要考虑贸易传统、地理位置和运输条件的综合效果。刚刚讲红茶，主要是讲西欧国家，他们是走海运，把东南沿海的茶（符合茶色素条件的是红茶）运过去了，形成了商业习惯。其实，在东欧国家如俄罗斯等，黑茶还是有些影响力的，这是因为走陆路运输，适合把陕西、湖北、四川一带的茶（符合茶色素条件的是黑茶）运过去。所以综合来说，以肉食为主的民族，基本都会选择茶色素丰富的茶类：红茶、黑茶以及陈年普洱。"

呼吸有道突然插言："打住，不对吧，普洱？好像国际影响力很小吧。"

小芒格轻轻咳了一声："坤土之木用词很严谨的，人家没说国家，说的是民族。"

呼吸有道："啊！这么说倒是说得通。普洱茶在国内都是后起之秀，的确还不太可能会形成国际影响。"

我轻轻接上一句："普洱茶的流行虽然历史不长，但决不能说只有最近几十年。对了，你们知道普洱茶在国内真正开始流行是什么时候吗？"

大家相互看看，都耸耸肩表示不清楚。

我一拍大腿："哈哈，那值得好好来说一下。我觉得这个事情说清楚了，大家可能对普洱茶的未来更为期待！"

呼吸有道兴致勃勃："愿闻其详！"

我便开始讲述："说起来，云南地区作为茶叶的发源地，产茶的历史极长。然而，尽管云南茶叶历史悠久，但真正形成影响却是在满清入关之后。普洱茶首先在满清贵族中受到普遍欢迎，在雍正年间更被正式列入贡茶行列。自此之后，普洱茶影响力开始大幅扩散，京城内无论贵族阶层还是士绅阶层，都以饮用普洱茶为荣。当时有一篇文章叫《普洱茶记》，里面就有这样一句话：'普洱茶名遍天下。味最酽，京师尤重之。'说到这里，普洱茶为什么到满清时期才扬名的原因基本出来了吧？”

小芒格轻轻一笑：“还是那几个关键词：少数民族、饮食结构、身体需要。你的逻辑具有较好的可复制性，这很符合科学原理。”

花间一壶：“闹了半天，这道理跟外国人喜欢喝红茶一个样。”

我点点头：“的确如此。普洱茶被饮用的历史很长，被认知得也很清楚，比如明朝李时珍的《本草纲目》里就有：‘普洱茶味苦性刻，解油腻牛羊毒。’所以说，满清之前人们就了解普洱茶，但是牛羊肉吃得少啊，这个解牛羊毒的功能用不上，然后喝起来又苦。插一句，那时候没有熟茶，生茶的苦味一二十年也去不掉。因此，荤素搭配甚至以素为主的人们对此需求不高，反而对香气口感更有兴趣。”

这时呼吸有道突然来了一句：“这么说，我突然想到了小说《红楼梦》，印象中书里就有用普洱茶消食的情节。曹雪芹是清朝人，写小说时都能说到这一点，那还真是说明普洱茶的影响力在当时很大。”

我们顿时都向呼吸有道投出敬佩目光，这记性也太牛了！

呼吸有道又催促上了：“坤土之木，继续往下说，为什么这一点会让我们对普洱茶的前景更加期待。”

我点点头：“大家知道目前世界各国的肉食摄入水平吗？”

花间一壶：“具体说不清。但肯定是欧美人肉吃得多，东亚人吃得少些，不过我们现在肯定比以前吃得多。”

我接着说：“关键点都说到了。数据就得来具体看了：首先，的确欧美等国吃肉比较多，基本都在年人均 80 公斤以上，排名前三的美国、澳大利亚和阿根廷，人均消费量均在 100 公斤以上。关键一点，他们的肉类消费中牛、羊肉的比重比我们高很多。其次，东亚国家总体肉类消费要低不少，尤其跟欧美国家相比。就东亚地区的数据来看，韩国跟我们的消费水平差不多，日本的消费量更少一些。”

小芒格：“你别差不多，少一些的，具体是多少，数字说话。”

我想了想：“我们国家目前的肉食消费量是年人均 60 公斤的水平，这个数字超过国际平均水平。虽然 60 公斤的水平看上去与发达国家还有差距，但发展势头非常迅猛。20 世纪 80 年代初的时候，我们的年人均肉类消费只有 10 公斤出头，在 40 年时间里足足提高了 6 倍，这绝对是惊人的速度。另外，总量猛增的同时，肉类结构也出现了显著变化：我国猪肉消费增速在2014年到顶，相应地是牛羊肉消费量快速上升，比重越来越高！照这个势头发展下去，估计用不了10年我们的肉类消费就能达到发达国家水平，同时牛羊肉消费量也能追上来一大截。”

花间一壶一拍大腿：“我明白了，顺着这个逻辑往下，人们的肉类消费还会继续上升，尤其牛羊肉消费增长更快。随着肉食水平的提升，我们也会出现吃肉多才有的身体状况，这时候需要多喝富含茶色素的茶类，如熟普、老生普和红茶之类。”

小芒格也乐了：“坤土之木，你这是用券商研究员的分析方法看茶叶，需求端在长期会坚定向上，但供给端——特别是古树茶却保持稳定，所以是一个核心资产长期看涨的逻辑。虽然简单粗暴了点，但感觉比茶行里的很多心灵茶汤听上去靠谱得多。你这个观点以前从来没听过，还真有点创新突破，勉强能算秘密。”

“你这套说辞有点降维打击的效果，弄得我也有点动心了。基于长期健康的考虑，我是不是应该弄点普洱茶才对？再考虑价格长期上涨的逻辑，好像应该囤一点才对?!”

呼吸有道顿时瞪大了眼睛：“真是服了，你们这帮搞金融的。刚刚听你们讲了这一通，我也高兴了，开始畅想会有很多人喜欢普洱茶，有更多的朋友能聚在一起品茶论道，那是多么惬意。结果，你们马上就把话题转到钱上去了，顿时让我有种无言以对的感觉。”

听完这话我们几位金融从业人员顿时面面相觑，不知该如何接话。呼吸有道也没在意，接着吐槽：“要说这些年普洱茶惹的那些争议，很多都是跟什么资本啊、什么投资啊这些话题分不开，好好的普洱茶，还真是被钱这个因素搞复杂了。你们这几位，别跟着瞎掺和啊。”

小芒格做了个鬼脸：“不好意思，习惯了，看见供需失衡就反应到价格波动上去了。”

我和花间一壶相互望了望，不由得哈哈大笑。

稍后，我倒是认真补了一句：“金融不过是一种工具，好坏取决于怎么用，谁来用，用好了肯定不是坏事，当然恶意滥用就不好说了。现在普洱茶炒作之风不断，正是因为正规金融力量介入不够，才让这个市场变得格外复杂难懂。”

小芒格：“普洱茶本质上是一种农产品，产业链条又长，变数太大，确实不太好搞。”

茶色素的功效

花间一壶：“打住打住，不聊这个，回到普洱茶前景的讨论上。坤土之木，你刚刚说到了一个茶色素的概念，说实话这个我不太懂，尤其是跟吃肉有什么关系，能给解释解释吗？”

小芒格眉头飞舞：“对，我也同有此问。刚刚看你们貌似都挺懂的样子，我就没好意思问，一直憋着呢。原来不光是我不懂，这下心情好多了。”

呼吸有道也跟着凑热闹：“不好意思，其实我也不懂，也想听听具体是怎么回事。”

我也跟着乐了：“好吧，那就借这个机会给大家解释一下。所谓茶色素，是指茶黄素、茶红素与茶褐素这三种茶叶内含物质，其中茶褐素是由茶黄素和茶红素聚合而成。说起来，这三种茶色素都是由茶多酚氧化而成。简单说吧，茶多酚含量大的茶，茶色素含量就小，比方说绿茶、黄茶，还有新白茶与新生茶也是这样。但随着茶多酚不断被氧化，茶色素就越积越多，茶的颜色也越来越深，一般来说红茶中茶黄素多，普洱熟茶中茶褐素多，最有意思的是生茶，随着陈放时间的延长，生茶会陆续出现茶黄素、茶红素和茶褐素为主的状态。”

“不同的茶色素功效上有差异，但都具有调节肉食副作用的功能。1979 年，法国巴黎圣安东尼医学院和法国里昂大学医学系对著名熟茶——销法沱进行了一次临床研究，结果显示云南沱茶的降血脂效果好于西药安妥明！后来，经过深入的普洱茶理化分析，人们终于知道了茶色素与吃肉的关系：茶色素具有抗脂质过氧化、降血脂、双向调节血压血脂、抗动脉粥样硬化、降低血液黏稠度、降解尿酸等功能，因此在心血管疾病、脑血管疾病和糖尿病等方面有一定辅助治疗效果。这下明白了吧？我相信，随着健康话题受关注水平的提升，食肉君中的大多数终将成为品茶客！”

花间一壶：“懂了，这些都是吃肉吃多了才容易得的病，而茶色素正好能跟致病因素形成对冲。如果一个人肉吃多了觉得身体不舒服，就应当大量喝富含茶色素的茶，会让身体变得舒张起来。这个体验我有过，吃完肉再喝茶会觉得身体很爽。反过来，如果光吃肉不喝茶，人就会变油腻，比方说油腻大叔什么的。”

小芒格总是直奔关键：“坤土之木，等会儿多给我弄点那个熟茶小沱，还有这个红茶也来点。”然后，举起茶杯将杯中红茶一饮而尽。

我再次装作没听见：“我再补充一点，既然茶色素是从茶多酚转化而来，那就意味着茶多酚含量越高的茶越值得我们关注。大家知不知道哪里的茶叶茶多酚更多？”

大家都摇摇头，我就接着说：“茶多酚含量跟光照强度成正比，也就是光照越强的地方茶多酚含量越高。所以，云南的茶叶在这方面比长江流域的茶叶要强很多，这也是很多专家认为云南茶叶更适合做红茶的原因。对了，阿萨姆红茶和大吉岭红茶和云南茶区都在一个纬度上，而锡兰红茶的纬度更低。”

“诸位，说到这里，我那个看好普洱茶前景的说法是不是还比较靠谱？在饮食结构调整的大背景下，富含茶色素的老生普和熟普，必然会愈加受到欢迎。再叠加口感复杂度和体感显著度这两个突出优势，普洱茶的前景应该更加值得期待。”

花间一壶：“今天喝得很爽，聊得也爽，不是那种只有心灵茶汤的文化茶会。我们这种俗人还是功利主义导向，喜欢听这些现实有用的东西。”

呼吸有道和小芒格望了望我，都抿嘴微笑没作声。

少顷，小芒格打破沉默：“我得承认一点，以前参加茶会多少有点附庸风雅的意思，但今天感受很不同。讨论有价值，对我有触动，这可能会成为我对普洱茶产生兴趣的起点。”

大家听到这句都忍不住频频点头，以示鼓励。

小芒格继续：“这下我算是真来电了，但马上发现一个问题。对于一个不太懂行的人来说，比方我，碰到一款茶该怎么去判断好坏呢？总不能每次都靠请教你们吧。”

呼吸有道乐了：“那简单，你就花点功夫跟我们多喝几次，回去再多练练，估计用不了一年就有判断力了。”

小芒格摇摇头：“练一年？太麻烦了吧。我这人讲究效率，说功利主义也行。有没有什么快捷办法，让我能马上就能判断一款茶好不好，该不该买？”

我不由点了点头，这话讲得有道理。其实，大多数人喝茶的想法很简单，就是找到适合自己而且性价比不错的茶就行，并不需要成为茶专家。如果能有一个帮助大家精选茶品的方法，一定会让更多人轻松成为品茶客，从而受益于品茶。

精选普洱待指南

想喝好茶，这是一个再自然不过的想法。不过要把普洱茶好坏讲清似乎并不容易。什么样的茶才算好茶？历来众说纷纭，流派众多。缺少时间概念的主流审评方法，似乎并不适合用在普洱茶上。因为无论生茶熟茶，普洱茶都会随时间而转化，口感体感大不相同。抛弃时间维度的普洱茶评价，肯定不靠谱！但是，加上时间，普洱茶品质就能说清吗？我们需要一个精选茶品的指南，一个站在消费者视角的指南。

地点：木子理茶舍

人物：坤土之木、呼吸有道、花间一壶、小芒格

乙未月，我们几位再次相约茶舍，就上次的话题继续讨论：如何判断一款普洱茶的品质？尤其对普通爱好者来说，有没有快速了解品质的方法。

开始讨论之前，我照旧泡了一道茶给大家，清凉且清甜的茶汤很快扫除了随炎炎夏日而来的不适。这款茶不是生普，但我也没介绍是什么茶，就是想看看大家的水平是否有进步。

呼吸有道率先提出疑问："坤土之木，这款茶不苦不涩，回甘很好，茶气也不弱，有点像生茶但又不是生茶，这是什么品种？"

花间一壶："啊？我还以为这是生普呢！刚刚我正琢磨呢，这茶味道不错，苦涩特别弱，很快就回甜，是不是应该向我夫人推荐一下。闹了半天，这不是生茶啊。"

小芒格摇头晃脑："我茶喝得少，凑热闹猜一猜。这是不是白茶啊，但茶叶看上去不白哈。"

我一拍大腿："可以啊，猜对了！这就是白茶。不过，这是用云南古树料制作的白茶，是不是跟其他白茶的味道不太一样？"

呼吸有道："那就说得通了，你刚刚说白茶我还纳闷，印象中白茶一般没有这么足的茶气啊。你别说，这款茶的茶气不错，又是在体表，正好解表散暑，适合夏天喝。因为茶气的缘故，我现在差不多是非古树普洱不碰，有时候觉得茶类有些孤单。这下好了，前一阵是古树红茶，这下又是古树白茶，再加上生普和熟普，我的茶类可以丰富起来了。"

花间一壶："呼吸有道，原来你也并不只喝普洱茶啊，我还以为你们都是非普洱不喝呢。"

呼吸有道："那绝对是误解，要知道我喜欢茶的核心是茶气，凡是茶气比较足的我都喜欢。对了，坤土之木，你应该也是这样吧？"

我点点头："确实如此，在这一点上我们两人算是知音，啊！应该是知茶。茶气是我喜欢普洱茶的关键，其次才是口感复杂度。换句话说，但凡茶气足的茶，我都来电。以前嘛，貌似只有普洱茶才有古树料，所以喝

来喝去都是普洱茶。从道理上讲，茶多酚从不氧化到全氧化的不同茶类都应该喝，这样功效体验才完整。所以，这两年我就鼓励茶小二用云南的古树原料加工其他茶类，但必须都是后发酵茶，这就有了今天的古树白茶和上次的古树晒红。”

小芒格眼睛睁大了一圈，然后一字一顿地问道：“白茶、红茶的原料也来自普洱茶树？不是另外两种茶树？”

我被这个问题也问得愣了一下，正琢磨怎么答呢，呼吸有道接过话头：“哈哈哈，跟我以前一样，也以为是茶树决定茶类。后来才知道，不同茶类只是在加工工艺上有差别，理论上任何一种茶树都可以加工出六大茶类。当然，不同地方的茶树在内含物质上有些差异，有的适合加工成绿茶，有的适合加工成红茶。”

小芒格兴奋了：“哎呀呀，我这下长见识了，从小喝那么多绿茶和红茶，居然从来不知道是这个情况。”

花间一壶很有探索精神：“这是一个重大知识点！我多问一句，茶树内含物质上的差异指的是什么？”

这问题我擅长：“茶多酚、茶氨酸和咖啡碱，是最主要的茶叶内含物质。但从茶类划分角度看，茶多酚和茶氨酸更重要。茶叶制作中有个指标叫酚氨比，即茶多酚与茶氨酸的比例，数值小说明茶氨酸多，茶的鲜爽味比较好，叶片适合制绿茶；数值大说明茶多酚多，叶片适合制红茶。一般来说，茶多酚的多少跟光照强度成正比，所以地理上越靠南，好红茶越多，越靠北，好绿茶越多。”

一个温胃健脾的故事

花间一壶精神一振：“哈哈，说到好茶了。我们是不是该进入正题了，如何判断一款普洱茶的好坏？”

小芒格：“对，这才是关键。这次来就是想听听普洱茶的好坏到底应该怎么判断。”

呼吸有道："稍等，我觉得是不是应该把话题进一步明确一下？是单纯从品鉴环节谈论好坏，还是讨论决定普洱茶品质的因素是哪些？"

小芒格："嗯，这倒要想一下。根据品鉴感受讨论好坏肯定是要的，但我这个人又有点打破砂锅问到底的精神，似乎也应该给我讲讲决定普洱茶品质的因素有哪些。"

花间一壶点点头："同意，知其然知其所以然。如果只是讲品鉴，感觉不够扎实啊，还是要从根子上挖掘才够劲。"

小芒格乐呵呵地表示同意："这才对嘛，不然对茶的好坏说不通透，只能说口感如何如何，至于到底是什么缘故还是一脸懵，这种感觉让人不爽。"

呼吸有道："明白了，你们是既要有明确结果，又要对原理有大概了解，但又不至于成为茶专家，对吧。"

小芒格这时扭过头来对着我说："坤土之木，大家都说了半天了，怎么你这会儿就不吭声了。"

我摇头苦笑："真不知道该怎么吭声，因为不管从品茶环节讲还是从追根溯源讲，普洱茶好坏都不容易说清楚。我觉得此事甚难，不知从何说起。"

花间一壶奇怪："不至于吧，我们一起喝茶的时候，看你们几位老茶客总是说这款茶不错，那款茶不行，怎么就不知从何说起？"

听完这句我又乐了："哈，那我顺着你刚说的话展开一下。问两个问题，第一，你是不是发现发表评价意见的总是那几位，其他人都不参与，为什么？第二，我们对某款茶的好坏评价完毕之后，你确实搞懂了为什么，还是仅仅记住结论？"

花间一壶想了想："第一个问题好理解，我们这些人喝茶少，水平不够，不敢妄言好坏，所以只能是你们几位来评价。第二个问题有点意思，对于我来说是记住结论，你们评论的那些内容和角度我听不太懂。"

我点点头："那就是了，初学普洱茶都会有这个情况，哪怕跟着喝了不少次，但一款茶到底怎么个好法仍然不太有把握。如果从常见的口感和香气角度评价，大多数普洱茶可能乏善可陈，优点不知从何而来。我观察过，很多普洱茶友在接触普洱茶的早期，通常会有一段不适应甚至抵触的时期。一般要经过一段时间，由于某个契机突然找到感觉了，然后才开始喜欢。但这种感觉，有时并不来自味觉和嗅觉，尤其是从熟茶开始的人。”

呼吸有道深有同感：“是这样，刚开始喝熟茶的时候，真没觉得味道有多好。尤其是堆味儿还在的新熟茶，头几泡的味道真是酸爽。有一次喝熟茶，还是一款有霉味的茶，就那口感居然还有人说不错不错，我差点以为是自己舌头出问题了。”

花间一壶：“呼吸有道，这有点夸张吧？那你后来居然能喜欢上熟茶真不容易。”

呼吸有道：“是啊，纯粹是茶气和功效的缘故。话说一次茶会正在进行中，一茶友说肚子难受了一天，实在坚持不住要先离席。泉慧拦住了他，马上泡了一道2013年春熟让他喝。结果三泡之后，那哥们肚子咕噜一阵后去了趟洗手间，然后就好了！这个眼睁睁看着的事实让人大呼神奇。这事对我影响很大，这才开始认真去品味和理解熟茶。”

花间一壶：“是不是应该这么理解：中医认为熟茶具有健脾暖胃的功效，那位茶友可能是脾胃受寒，所以熟茶正好对症解决问题。不过，见效怎么能这么快？”

呼吸有道惊讶了：“花间一壶，以后可别跟我说你不懂中医，你术语用得很地道！给你补充解释一下为什么见效快，要知道中医治病不是靠什么消毒杀菌，而是靠改善体内环境——将垃圾废物排出体外。中医常用的排垃圾方法有三个——汗、吐、下。那位茶友的情况在肠胃上，所以用‘下’法——也就是泄法——来处理效率最高。我当时惊讶的点在于，熟茶效力几乎赶上某些中药，在此之前，我真不相信茶可以当药用！”

见大家听得意兴盎然，呼吸有道继续：“勾起兴趣以后，我才发自肺腑地开始琢磨熟茶。经过一段时间的品饮，口感逐渐适应了，体感也渐渐清晰了，终于体会到古树茶与台地茶在茶气上的差异。再后来就好理解了，跟坤土之木一样喜欢上了古树茶。”

小芒格：“这逻辑听上去还挺清楚，我瞎说一句，通过体感功效的高低不就能把好坏说清楚吗？”

呼吸有道：“不知道行不行。我看过不少评茶方面的资料，好像没见到用体感来评价茶叶好坏的。”

普洱茶评价与葡萄酒评分

我一拍大腿："对喽，这就到关键点了。茶叶品质评价是一个非常专业、非常复杂的事情，需要长时间积累和总结，才可能形成一套可靠的评价体系。我们国家不是没有茶叶评价体系，而是有一套经过长年检验发展起来的成熟评茶体系，最新版本应该是《茶叶感官审评方法（2018）》。"

花间一壶："这不就得了，难道这个体系不够专业，不能用吗？"

我嘿嘿一笑："正是因为很专业，所以反而不太好用。"

大家都翻了翻白眼，然后默默不语等候下文。

我欣然继续："简单来说，审评方法由五个指标构成：外形、汤色、香气、滋味和叶底，其中以香气和滋味为核心（两者权重相加超过60%）。关键是，这个体系中没有跟体感相关的指标，也就是说这个审评标准更适合绿茶、红茶以及青茶等传统茶类。说到这里，大家大概明白几分了吧？如果用一个以香气和滋味为主的标准去评价普洱茶，估计生普还能勉强靠上点，但对熟普就别扭了。在座的刚刚都谈到了，普洱茶打动我们的可能不是口感，更可能是体感。因此，这个茶叶审评体系不适合普洱茶使用的第一个难题是体感指标缺位。"

小芒格适时接了一句："第一个难题？还有第二个、第三个难题？"

我点头："嗯，还有，那就是时间因素。主流茶叶审评体系不考虑陈放转化因素，本质上是在评价新茶而不是老茶。大家可能听过，普洱茶圈有一句九字真言：藏新茶、喝熟茶、品老茶，意思就是普洱茶越陈越香，越老越好。在这个意义上，如果放弃时间维度的考量，我们实际上无法真正理解普洱茶的价值。所以，现行茶叶审评体系应用于普洱茶的第二个难题是时间维度缺位。"

小芒格："理解了，你的意思就是这个茶叶评价方法跟普洱茶的特点不太对得上，又没人提出过适合普洱茶评价的体系。所以，评价普洱茶实际处于没什么章法的状态，目前无从谈起。也就是你刚才的说法，觉得此事甚难，不知从何说起。”

呼吸有道：“我也觉得挺难。我是从体感角度被吸引的，但很多人在开始阶段没什么体感，甚至不少人喝了一段后体感仍然很模糊。我们圈子里有两个典型，就是普洱茶行当里的茶小二和小米粥，他们的体感都是花了很长时间才建立起来的。这还真就是个难题，不说体感吧，普洱茶特点缺了一大块，说体感吧，很多人初期又没感觉。难，有点难。”

“另外还有时间和转化因素。经过转化的茶无论口感还是体感，都会发生变化，甚至是翻天覆地的变化。同一种茶，不同时间段，怎么评价好坏？不评价好像又不对。新茶和老茶的价格经常是天差地远，如果没有差别，人们为什么愿意为老茶多付钱？看看‘88 青’，最开始不过几块钱一饼，30 年后的今天居然要十几万一饼。这里面肯定有品质差异，但是是不是就意味着老茶比新茶好呢？这么说好像哪里有问题。如果不用好坏来比较，为什么老茶这么贵？”

我忍不住接了一句：“老茶和新茶相比，在我看来主要是体感和功效上有差异，尤其功效上。老茶功效明显大过新茶，因此老茶比新茶好，价格贵是说得通的。”

花间一壶摇了摇头：“好嘛，又加了个功效角度，功效怎么界定和描述？关键怎么量化？这下更难搞了。”

我奇怪地看了看一旁偷笑的小芒格，问道：“小芒格，你偷笑什么？”

小芒格：“哈哈，今天的讨论取得了显著的建设性成果，坦率告诉你，本次讨论成功拉低了你在我心中的高大形象。原来总觉得你水平高得不行，现在来看终究是个业余选手，真碰到难题也是没招。”

我也笑了：“没错，我就是个业余选手啊。不过也正因为是业外人士，看行业可能会超脱一点。业内人的关注点可能更偏重茶本身，如原料、加工、销售、竞争这些问题，未必会从消费者角度考虑。普洱茶行业目前仍处于非常初级的阶段，茶企基本是中小微水平，生存问题比发展问题更紧迫，自然顾不上更全面或者更宏观的问题。如果能有几家茶叶企业上市，规模实力提升，那时候才可能自上而下地考虑这些综合性问题。”

“目前的情况是，茶企虽多，但又小又散。为什么又小又散？在我看来问题主要不在生产端，而是在消费端，消费不畅。为什么消费不畅？因为消费者不会买也不敢买。你肯定不能指望普通消费者变成茶专家吧？所以说，大部分人即便对普洱茶有点兴趣，但只要他看到什么原料、山头、类型、存储这一大堆概念，估计头就晕了，再听到关于普洱茶的传说和负面，他可能就放弃了。总之，当前普洱茶的消费难度比较大，普通消费者不太好出手。”

“这让我联想到法国葡萄酒的类似经历，早期也曾经历过一段混沌期，后来建立一系列标准才真正发展起来。在我看来，虽然生产标准是行业发展的首要条件，但并非充分条件。法国葡萄酒首先的标准是行业标准——酒庄分级体系，要知道光波尔多就有上万家酒庄，很难有人能熟知所有酒庄，买酒估计都是靠推荐或者口碑。有酒庄分级就不同了，最好的几百家酒庄马上脱颖而出，一下成为所有消费者的关注重点。换言之，大家都知道哪些是好酒，哪些是普通酒，该怎么买，心里就有数了。”

花间一壶插了一句：“好主意啊，听说普洱茶也有成千上万种，的确应该给这些茶分分级，大家一打眼就能知道一款茶在什么排位上，心里踏实很多，买起来就轻松了。”

我点点头：“酒庄分级虽然有助于消费者理解品质，但本质上还是一个行业内标准，而且比较粗线条。真正让葡萄酒成功为普通人所理解，靠的是消费者标准——一个行业外个人标准。”

花间一壶：“个人标准？还是业外的？这有点匪夷所思。”

呼吸有道眼睛亮了：“坤土之木，你不会是说帕克葡萄酒评分吧？”

我双手击掌：“正是！美国人罗伯特·帕克，本职是律师，有感于人们无法准确评估葡萄酒品质——因为酒庄都会突出自家产品的优点，开创性地从消费者角度上对葡萄酒打分。一个新时代就此开启：消费者可以完全不懂酒，但只要看看帕克的葡萄酒评分，就能轻易选出合适的酒，买酒一下就简单了。”

小芒格：“原来还有这一段历史，这个很牛，值得参考。坤土之木，本来你的形象分已经被拉低了一点点，这下又成功提升了一些，考虑到你连葡萄酒也懂，你的形象分比之前还高了一点点。”

我撇了撇嘴：“你这几句话说得真像《大话西游》里的猪八戒。”

花间一壶神助攻：“还真是那个味道。”

小芒格赶紧转换话题："行了，行了，这个话题不展开了。我多问一句，那个帕克评分具体是什么情况，影响力真的很大吗?"

我点点头："帕克评分的具体操作其实不复杂，就是在他本人创立的刊物——《葡萄酒倡导家》上发布他的酒评与评分。罗伯特·帕克创立这个杂志的原因很简单，就是他发现常见的酒评往往算不上独立酒评。因此，他决定创立这个与葡萄酒界没有利益关联的刊物。"

"百分制评分应该是帕克最有价值的创意，他不仅撰写深度酒评，还会给出一个分数——用一百个细分维度为品质定位。千万别小看这一点，这才是降低消费难度的关键，分级粗放就没有这种简洁但精细的效果。这样一来，只需要一个简洁数字，消费者就能清晰了解一款酒的品质定位，也就解决了选酒难的问题。现实生活中，人们往往不需要细致专业的酒评，简单好用的分数反而会更有意义。"

"帕克的评分体系其实跟我们的茶叶审评体系很像，主要从颜色外观、香气、风味、潜力四个方面进行评分，最后汇成总分。具体分数设定是这样的，从 50 分的保底分开始，在此基础上进行加分项汇总，颜色和外观占 5 分、香气占 15 分，风味占 20 分，综合评价及陈年潜力占 10 分。在得出总评分数后，帕克又把高于 96 分的称为顶级佳酿，90—95 分的称为优秀，诸如此类。"

"帕克评分之所以能够在酒评界执牛耳，跟他成功评价了 1982 年葡萄酒的关系很大。在 1982 年葡萄酒的评价中，另两家权威酒评机构都不看好这个年份，但罗伯特·帕克坚定认为 1982 年是一个顶级好年份。后来的事实证明，1982 年的确是葡萄酒史上最佳年份之一，'82 拉菲'全球闻名。帕克评分从此一战成名，地位再也未被撼动。"

花间一壶："长见识了。这个百分制创意确实牛，简单明了，轻松上手。消费者可以不懂葡萄酒，但不影响他了解酒的品质和地位，的确应当有一个消费者标准。"

呼吸有道："刚刚有个概念我特别在意——陈年潜力。这个指标正好代表着茶叶审评中缺失的时间维度。"

花间一壶："这个指标好像有点主观，陈年潜力，就是对未来的一种推测，这个只能评借感受和经验才能判断。"

我点点头："其实所有的评价，都不可避免地带有主观成分。就像茶叶审评标准，虽然给出了分类和分值区间，但在最后给出具体分数的时候仍然依赖主观判断。"

呼吸有道："这倒也是，如果能完全量化，那应当干脆让检测仪器打分。很多东西并不是看上去那么直白明了，就像在中药中寻找有效成分，总是搞不太清楚到底是什么成分在发生作用，但中药的效力却又是稳定可靠的。至少目前，还不能只靠指标和检测去评价。"

普洱茶要有消费指南

小芒格："普洱茶能不能也搞个类似评价，给大家提供一种消费指南。最好像帕克评分那样，既有专业评论，又有直观评分。我认为帕克评分之所以能成功，核心是两个：一是客观性，独立第三方；二是便捷性，用起来方便。"

花间一壶插了一句："还有专业性。"

小芒格："那当然，没有专业性就无从谈起，但只有专业性肯定不行，必须是消费者视角。你们几位业外人士能不能搞一个类似的评价指南？业外人士，满足独立客观这一点，水平嘛，反正比我高很多。"

呼吸有道鼓掌："这个想法不错！反正是业余的事情，搞不好也没关系，可以慢慢完善，没准能是一个好用的消费者评价。退一步讲，就算不能推广，也可以给身边朋友提供参考啊。"

我马上泼冷水："这事说起来容易，做起来很难。小芒格说得对，我们几个就是业余爱好者，勉强可以是骨灰级，但仍是业余。把普洱茶品质从根子上说清楚，对我们来说难度太大。此事再议，再议。"

小芒格："也对，对于业余玩家来说，弄这个东西确实性价比不高。我刚才也不过是想到哪里说到哪里。"

花间一壶不放弃："别啊，别急着放弃。这件事情可以循序渐进，由简入繁，大不了时间换空间，花点时间积累出来。"

小芒格好奇了："花间一壶，你怎么这么来劲？这事你弄不了吧，你这是怂恿别人勇攀高峰？"

花间一壶："我突然理解了这件事情的价值。刚刚你们说葡萄酒评级促进葡萄酒发展，虽然觉得有道理，但也就是那么一听。就在刚刚，我在微信里看了几篇基金评价和规划报告，一下意识到这件事的意义有多大。"

呼吸有道好奇："说葡萄酒评分没感觉，怎么看基金评价报告就来劲了。"

花间一壶："本位主义呗。我这人不怎么喝葡萄酒，所以听你们谈葡萄酒评分的时候，听是听懂了，却没什么感觉和触动。但看基金评价报告的时候，感觉就来了。现在基金销售是我们券商的重点开拓业务，市场上可销售的公募、私募基金加起来有几万只，进入我们公司销售白名单的也有一大堆。你们能猜到了吧，如果一个客户想买一只基金或者一组基金，你说该怎么下手？"

"有人说买名气大的，可是有的知名基金风格特别稳健，什么时候都不激进，投资者又觉得收益不够高；有人说买风格激进的，结果在市场不好的时候回撤特别大，也觉得难受；有人说买收益率高的，但高收益是过去阶段的业绩，并不能保证下一阶段一定就好。总之，很多人慢慢意识到买基金居然也是一件不容易的事情。"

"怎么解决这个问题？一句话，靠基金评价体系。一个好的基金评价体系，不仅会告诉投资者该怎么全面理解一个基金的好坏，而且会告诉投资者为什么一个基金做得好。除此之外，基金评价体系还会关注基金管理人风格的稳定性和持续性。在基金评价体系的帮助下，投资人或者投资顾问可以比较方便地找到适合的基金。"

"从这个角度去理解，我一下觉得评价体系太有价值了。我认为现在人们买普洱茶的难度跟买基金的难度绝对有一比，有名气的茶一定好吗？尤其性价比一定高吗？没名气的茶一定不好吗？但是，名气小的茶那么多，该选哪个呢？关键是，到底是什么因素决定着普洱茶的品质？面对各大茶区成千上万种茶，没有评价指引的话，真不知如何下手。"

"换一个角度，正因为没有消费者评价，才使得潜在消费者无法真正迈出买茶的步伐。普洱茶，这个本该具有万亿元市场空间的消费品行业，只能维持着多、小、散、乱的情况，发展速度慢得可怜。不是有人说过吗，中国茶叶市场总体规模赶不上海外一袋茶。”

“所以，我认为确实需要消费者角度的标准——消费者评价，从消费角度促使普洱茶行业迈上新台阶。多说一句，基金评价体系的很多做法值得借鉴，比方说定性分析与定量分析相结合、管理人画像什么的。如果把基金评价体系和帕克葡萄酒评分体系加以结合，既有定性的专业分析，又有定量的简化指引，一定特别有价值。”

小芒格：“花间一壶，你很有社会责任感嘛。刚才听你讲基金评价体系，也激发了我的兴奋点，确实是从自身出发理解问题比较顺手，同意你用基金评价体系来类比。我们假定一款茶相当于一只基金，那么是不是可以认为一座茶山类似于一个基金管理人；而一个山头类似于一个基金经理，一个茶树品种则类似于一种投资风格，而加工工艺则类似于交易风格，老茶类似于一个长期老牌基金，新茶类似于一个新发基金。”

花间一壶：“听上去还真有点意思。”

这一会儿没怎么说话的呼吸有道突然插话：“坤土之木，我觉得这事应该由你来干。为什么建议你弄呢，在小芒格刚才所讲两点的基础上，还有三个特别理由：一是投入程度高，在座都知道你虽然是业余选手但对普洱茶的投入甚至超过不少茶行人士；二是茶气理解深，你对普洱茶体感的理解不好说是不是顶级，但肯定胜过绝大多数人；三是探究精神好，我们是把茶当成一种味道不错的健康饮料，但你却能从茶多酚到茶色素琢磨一通，再加上茶气与中药，居然能开茶与健康的讲座。基于以上三点，你可以考虑开发一个基于消费者的评茶或者选茶体系。”

花间一壶跟着煽风：“我再忽悠几句，坤土之木，我也同意这件事情由你来弄。但我的理由还略有不同，或者是再增加一个理由。插一句，我觉得叫评茶体系正式点，选茶体系听上去有点口语化，尽管是为了方便消费者选茶。这个评茶体系，能不能弄完善不是关键，重点是一个探索式创新，能成功最好，不成功也无所谓。我相信你对提高普洱茶水平很有兴趣，如果以构建评茶体系帮助消费者选茶为目标，你正可以借机进行系统性学习。我相信这对你提高普洱茶鉴赏水平，应该有百益而无一害！”

听到这里，我不由连连点头。

小芒格也夸上了："花间一壶，你做思想工作的水平很有一套！我高度相信你这番话成功击中了坤土之木的软肋，准确搔到了痒处。"

花间一壶赶紧打断："击中软肋？这话说的。"

小芒格嘻嘻一笑："我是说吧，你补充的这番话，应该能打动坤土之木。我了解他，一旦对什么领域来了劲头，不打破砂锅问到底是不行的。我观察坤土之木的品茶水平似乎到了某种瓶颈，正苦于无法提高。你刚才的话肯定能打动他，他跟我们不一样，看书思考是乐趣，动笔写书是享受。"

呼吸有道插话："这一点说得对，坤土之木挺爱写书的，好像光是教材就著作等'腰'了。"

我赶紧表态："行了行了，各位不要再激将了。这个任务我接了，开发一套针对普洱茶的消费者评价体系，为喝茶人精选茶品提供参考或者指南。不论成效如何，这个探索、积累和思考过程，一定会让我的普洱茶水平得到实质性提高。"

"就像你们几位说的，把基金评价体系和葡萄酒评分体系结合一下，从原料、工艺、陈放、香气、口感和体感等多个角度理解普洱茶的品质，既要有定性的分析讨论，也要有定量的指标设计。最关键的，这个体系既要有专业深入的分析解读，也要有方便简洁的评价结果。这样的体系才能适应不同品茶人的需要，成为一个专业易用的普洱茶精选指南。"

"接下来我得拿出点当年写博士论文的劲头，找专家、查资料、理头绪，开启一段更高水平的学习历程。希望这个基于消费者视角的普洱茶评价体系，能在选茶上为大家贡献绵薄之力。"

普洱史上那些事

普洱茶从默默无名到扬名天下，是一个怎样的历史进程？从澜沧江东到澜沧江西，两岸茶区的发展为何有先后？数量众多的山头茶中，影响最大的当属“十大名寨”。从号级茶、印级茶到七子饼茶，新茶历经岁月成老茶，并在拍场声名鹊起。虽说好茶未必知名，但名茶必定是好茶。梳理普洱茶发展脉络，洞观名茶养成经历，无疑是理解普洱茶品质的必要基础。

地点：木子理茶舍

人物：坤土之木、呼吸有道、茶小二、花间一壶

虽说对普洱茶发展史有些接触，比方考证过“茶圣不知普洱茶”，但终究所知不多。了解历史是深入理解的前提，为此我约请三位好友探讨普洱茶发展史，探究名茶成长故事。

大家对云南古树白茶的印象很好，落座后都建议先喝白茶，再喝生茶。至于茶小二的特产——古树熟茶，在这炎热时节居然无人提及。正在大家感慨今年夏天如此漫长之际，花间一壶发问：“呼吸有道，我听说中医里有个学说叫‘五运六气’，好像能解释天气变化，你能说说今年是怎么回事吗?”

呼吸有道：“可以啊，今年夏天难熬，我们有心理准备。原因就是在四之气（运气术语，主气之第四气）的时候，也就是7月22日到9月22日这一个时间段，主管天气力量叫少阳相火。太细的不说，我们只看最后一个字——火，就知道是热的状态。以往立秋后早晚就能凉下来，但今年不行，因为火的力量延续到9月底才退场。别看现在已经8月，但火的力量至少还有一个月，大家接着等吧。对了，这一个时间段还有个管事力量叫太阴湿土，意味着湿气大，所以又湿又热。从中医角度上看，这种天气会助长新冠肺炎疫情，真是麻烦。”

茶小二：“难怪，最近疫情这么严重，有这个道理在里面。那一会儿是不是还得喝点红茶或者熟茶，不是说茶黄素可以抑制冠状病毒吗?”

呼吸有道：“嗯，应该喝一点红茶和熟茶，这两种茶都可以改善体内湿热的情况。”

我也点头：“那就先喝白茶和生茶，后喝熟茶。红茶火气太强，而且力量集中在体表，热天喝有点够呛。熟茶好一些，茶气直接入脾胃，化湿效果更好，也不会感觉燥热。”

呼吸有道：“红茶不要在夏天喝，两个月前尝了茶小二的那款红茶，热了一天，大夏天喝这个不合适。”

几杯白茶入口，清凉感慢慢渗透出来，燥热随之消退，新白茶清凉祛暑的功效果然不凡。见大家慢慢静下来，我开启话题：“诸位，今天专程约大家聊天，是准备开启我的深度学习。”

茶小二：“你再给我说说，昨天电话里没太懂你的意思，又是深度学习又是消费者评价。这些名词听上去这么高大上，非要把我叫上一起聊，弄得我的小心脏扑棱扑棱的。”

我乐了：“看把你谦虚的，我正式说说想法。上次茶会我接受了一个深度学习任务，很有压力但也很有动力，就像有考试的课目会学得更认真。这个深度学习任务是探究普洱茶品质评价的基本原理，考试环节是设计一套评茶体系，真正目标是为消费者选茶提供参考。如果能通过考试，哪怕勉强通过，我也因此会成为一名资深茶客。再假设一下，如果效果突出，还会有良好社会收益。想来想去，我对这次深度学习充满期待！”

“我的普洱茶知识碎片又肤浅，这些年的确喝过很多好茶，但也尝过不少烂茶。粗略判断一款茶好或者不好，我有这个信心，但要说出为什么，那就说不上几句。好比一个读者看小说，大致好坏能判断，但像评论家一样去说道说道就不行。归根结底，还是对普洱茶的理解既不深刻也不全面。三宝老师一直建议我深入研究普洱茶，争取摸索出点东西，这话我倒是时时记在心上，却一直没有动作。”

“根据上次茶会领受的任务，我必须改变以往蜻蜓点水式的学习，深入普洱茶世界，系统梳理、理解和体验普洱茶，提炼评价普洱茶品质的关键点。我想把今天当作深度学习的第一课，在各位专家朋友的帮助下，先完成对普洱茶史的扫描，完成对普洱茶发展现状的深度理解。今天特别请到茶小二、呼吸有道两位，目的是能从实践和文化两个角度展开梳理。具体地，我还是想以提问的方式引入话题，然后一起交流讨论，怎么样？”

茶小二：“你们上次居然聊了这么个话题？非常有必要！老实说，我们这些卖茶的，每次都要对顾客进行长时间教育引导，他才可能慢慢了解普洱茶。时间再长一点，他们就会问我的茶跟其他家的茶相比如何，遇到这种问题就会有点尴尬。关键还有，我说的话人家未必信。你要是真能搞出个评茶体系，顾客自己就能知道茶叶好坏，用不着我们王婆卖瓜，大家都轻松。我大力支持你这个想法，有什么需要帮忙的，一定尽力！这可是件大好事。”

呼吸有道：“你是对自己的茶很有信心吧，巴不得大家在一个平台上

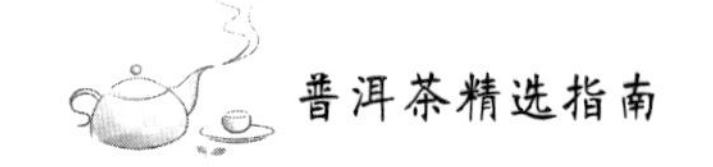

比较，你就有希望脱颖而出，是吧？”

茶小二：“那可是有信心，我们这么多年来坚持做古树纯料茶，挺不容易，当然，也多亏大家的支持。发自肺腑地说，我们觉得挺累，古树料成本高，卖低了没利润，加价太贵卖不动。好在了解我们的都知道茶好，所以也能维持，但总发展不起来。真正的好料好茶，反而得不到普遍认可。有的茶就是靠包装好，会宣传，哪怕料不怎么样，照样能卖高价，关键还能卖得动。有时真觉得郁闷，感觉收获和付出不成比例。说真心话，要是有客观的评价标准来评判我们，我的茶一定能得高分，而且价格又不高，性价比绝对一流。这么一来，大家不就愿意来买我的茶了吗，哈哈。坤土之木，我必须支持你搞这个评价标准，而且会帮你大力宣传。”

我乐了：“茶小二，先感谢你的信任，但我自己还没底呢。好了，时间宝贵，我说说大体设想。首先，完成一次对普洱茶的全面扫描，包括发展源流、茶区茶山、原料特征、加工工艺、陈放转化等。其次，在此基础上，梳理影响普洱茶品质的关键因素，并对作用机制进行深入分析。最后，依据不同因素的影响机制，设计定量分析和定性分析方法，最终拟定品质评价方案。今天想就第一个话题——发展源流，进行一次深入交流。”

古代的普洱茶

呼吸有道：“难怪你电话里反复强调，要听我讲普洱茶发展史，原来是你的第一课。还好，我这两天把资料整理了一通，来之前又在脑子里过了一遍，看来是要做一次汇报演出。行，那就努力做好坤土之木学茶路上的好帮手，请提问！”

我笑意盎然：“你是茶友圈里的文化达人，又喜欢治学研究，自从你喜欢上普洱茶，总能听你畅聊各种典故，俨然已是专家级别。发展源流这个主题，最佳请教对象非你莫属。第一个问题：普洱茶在古代的发展进程是怎样的？特别一点，普洱茶这个名称是何时确定的？”

呼吸有道：“这第一个问题跟我猜得一模一样，一看就是写论文写习惯了。这个问题我的确花过功夫，虽说不同观点各有侧重，但可以理出一个大致公认的说法。茶小二，你在这方面肯定也很有心得，欢迎及时补充。”

“先回答问题的第二小问——普洱茶的名字什么时候定的。‘普洱茶’和‘普洱’这个地名很有关联，地名‘普洱’先出现，但最早不是这个洱，是耳朵的耳。明洪武十六年（1383 年），一个叫‘普日’的地方被更名为‘普耳’。明嘉靖九年（1530 年），文献中才开始出现‘普洱’，正式记载直到明万历四年（1576 年）的《云南通志》中才有‘普洱’字样，但‘普洱茶’仍未现身。”

“‘普洱茶’的出现很有意思，跟山东龙口粉丝扬名天下的情况一样。龙口粉丝实际产自招远等地，但由于在龙口集散，就被人叫成了龙口粉丝。当年，面积广阔的车里宣慰使司（傣族土司名）是普洱茶核心产区，普洱只是车里宣慰使司的边陲交通要冲，本身不是产茶地。为促进茶叶贸易，车里宣慰使司将交通便利的‘普洱’定为交易口岸，允许茶叶在此贸易。‘普洱’由此逐渐成为茶叶集散地，为‘普洱茶’诞生打下了基础。”

“随着茶叶贸易的发展，‘普洱’越来越知名，‘普洱’与茶的关联性也越来越强。明万历年间的《滇略》中出现‘士庶所用，皆普茶也’的记载，普字出现了。1660 年，李时珍的《本草纲目》介绍云南茶如下：‘出云南普洱，通肠下泻，最能化物。’目前公认是在明朝末期，‘普洱茶’这个名称得以确定。坤土之木，这是对你第二问的回答，不知是否满意。”

我还在闭目吸收中，花间一壶先发表感言：“呼吸有道，难怪坤土之木把第一个话题交给你。跟你一比，我那点普洱茶知识简直不值一提，你们别指望我参与讨论。”

我随之称赞：“呼吸有道，我对你的佩服有如滔滔江水，连绵不绝，又如黄河泛滥，一发不可收拾。”

茶小二：“这词儿怎么这么熟，电影里来的吧？呼吸有道，这段历史我大概也知道点，我们公司就在普洱，对普洱作为集散地的优势太有体会了。你想啊，古代产茶主要是古六大茶山，就在普洱南边那一片，那可真是大山，交通相当不便。从昆明到普洱这一带，地势稍微平缓一点，交通条件略好，古代把普洱设为集散地非常有道理。”

呼吸有道："茶小二参与就是理论与实践相结合。我光是从地名变迁和文献典故上梳理，听上去头头是道但有点不接地气。茶小二短短几句话，就把普洱作为集散地的必然性讲得清清楚楚，关键是直观。坤土之木，难怪你要拉上茶小二一起聊，有必要。"

我："你接着往下讲？接下来才是关键。"

呼吸有道："关于普洱茶发展史的说法比较多，我根据个人理解做一个简单介绍。对了，茶小二，你有什么可以帮我补充说明的，随时出声啊。普洱茶发展史，可以简化为几个重要阶段。"

"第一阶段，三国时期。为什么把这个阶段排在第一？原因很简单，三国之前中原王朝对云南的管辖比较松散。三国之前只有秦朝对云南管辖过，时间不过10年左右，云南与中原地区的往来不多，也没有什么关于茶叶的文字记载。直到诸葛亮南征，这种情况才真正得到改变。不仅因为诸葛亮把云南地区纳入版图，更因为诸葛亮推动了茶叶在云南的发展。诸葛亮平定南中后，中原文明开始被云南吸收，濮人（此处指濮族，先秦时期分布在长江上游地区，即今云南、贵州、四川一带）正式涉足茶树种植，采茶制茶随之兴盛起来。直到今天，很多云南少数民族仍把诸葛亮视为'茶神'或者'茶祖'。我认为，诸葛亮南征开启了云南茶叶史。"

"第二个阶段，唐宋时期。这一阶段，除唐朝初期云南有一段时间归属中央管辖外，大多数时间处于自立状态，如唐朝的南诏国、宋朝的大理国。这一阶段云南地区与周边地区的贸易活动很活跃，最典型的是以茶易马，更因此有了名扬天下的茶马古道。虽然有茶叶贸易，但文化交流却并不紧密。因此，这一阶段是云南茶与中原茶拉开距离的时段。唐宋时期是我国茶文化突破期：唐朝定型了蒸青制茶工艺，宋朝进一步发展到龙团凤饼，并在饮茶环节发展出了斗茶风尚。而云南茶则仍然处于最原始的状态，无论制茶工艺还是饮茶习惯。唐朝出使南诏的唐使樊绰，在著名的《蛮书》中写道：'茶出银生城界诸山，散收无采造法，蒙舍蛮（云南地区最早的种茶、制茶和饮茶人）以椒、姜、桂和烹而饮之。'由此可知，彼时云南茶保持着古老形态，他们在饮茶时会加入椒、姜、桂等热性佐料，从而消除茶中寒凉，这是古代非常经典的饮茶方法。"

"第三个阶段，明朝时期。提到明朝的云南，很多人会想到永镇云南的沐王府。明朝时期云南实行‘改土归流’政策，消除了汉族民众进入云南的障碍。随后汉族民众逐渐移居云南，中原文化也同步传播到云南各地，其中就包含茶文化。以此为契机，云南制茶终于从古老方式发展到炒青制茶，普洱茶制作工艺由此确立。我们知道，明朝的饮食结构肯定不是以肉食为主，按照吃肉决定茶类的基本原理，当时的人们往往不太喜欢滋味苦涩浓烈的云南茶。因此云南茶的地位在当时有些尴尬，并未一举成为名茶。不受关注也不是没有好处，云南茶因此没有受到中原茶区‘废团为散’政策影响，保留了紧压工艺，这可是必不可少的后发酵工序。综上所述，明朝应当被看成普洱茶的关键时期之一：一是名称得以确立，二是工艺得以定型。”

“第四个阶段，清朝时期。这个阶段不用多说，我们之前讨论过。由于满清王公大臣牛羊肉吃得多，需要滋味浓、茶气足、富含茶色素的普洱茶来刮油去腻，普洱茶一举变成天下名茶。这一阶段也是普洱茶的关键时期。著名的古六大茶山也是这个时候传开的，清朝人檀萃在《滇海虞衡志》中谈及：‘普茶名重于天下，出普洱所属六茶山，一曰枚乐、二曰革登、三曰倚邦、四曰莽枝、五曰蛮砖、六曰曼撒，周八百里。’说到这里，你们可能会有一个疑问，这些茶山不是在西双版纳吗？情况是这样的，清朝时的普洱府管辖范围实际上跨越现今的普洱市和西双版纳地区，具体相当于现在的宁洱县、思茅区、勐腊县和西双版纳澜沧江以东部分乡镇。按照当时的区划，古六大茶山正好都在里面，所以说普洱茶产于普洱府，在当时是正确的。”

一番长篇大论后，呼吸有道拿起茶杯喝了一口，权作休息。趁此机会，大家发表了一通感慨。

花间一壶率先发声：“呼吸有道，刚刚谈到唐宋时期让人有些意外，可能是金庸小说看多了，总以为云南与中原早就一家了，没想到有这么长时间的遗世独立。”

茶小二：“刚刚说的那个银生府，我很熟悉，就是现在的景东。这一点我们很骄傲，因为我们的熟茶原料产地——无量山就是在景东。哪怕从唐朝算起，无量山也有一千多年的产茶史，这可是真正的古茶山。”

我乐了：“茶小二，看把你兴奋的，那你应该在你的茶上多加点介绍，把这段历史加上，让人们更加尊重你的茶。”

呼吸有道清清嗓子：“以上是我理解的普洱茶古代发展史，回答到此为止，不知是否满意？你的第一个问题是针对古代的，我猜你下一个问题是不是要针对现当代了？也是，现当代是普洱茶发展历程中最重要的阶段，真正让普洱茶走进千家万户。我就先说到这里，等你下一个问题继续？”

我轻轻鼓掌：“呼吸有道，知我者你也。第一个问题的回答，超预期地好，简洁又清晰。接下来一个问题：普洱茶在现当代阶段的发展成就是什么？”

普洱茶的现当代

呼吸有道：“普洱茶在现当代的发展几乎可以用翻天覆地一词来形容，不是几句话能讲清楚的。我尽量挑选要点介绍一下，茶小二，如果有什么不妥，你可得随时给我纠错。我认为在现当代，普洱茶最主要的发展成就如下。”

“首先，新六大茶山兴起。云南的西双版纳、普洱和临沧，自古便是茶林核心分布区。但受交通条件制约，直到清朝晚期产茶区仍然主要在澜沧江以东的古六大茶山周边。而澜沧江以西的新六大茶山，空有大量千年古茶园，茶叶输出少得可怜，是一种‘养在深闺人未识’的状态。民国之后，澜沧江以西的产茶区逐渐得以开发，慢慢成为不弱于古六大茶山的新兴产区。”

“其次，现代密植茶园出现。现代密植茶园——等高条植（等高条栽、合理密植的种茶技术）台地茶园出产的茶就是俗称的台地茶。最早的云南密植茶园是 1938 年白耀明先生的‘云南思茅区茶业试验场’。密植茶园大规模推广是在 20 世纪 50 年代到 60 年代，当时每亩种植茶树 800—1300 棵。推广进程在 70 年代加快，开始出现密植速成茶园，每亩种植茶树高达 3000—5000 棵。80 年代，密植茶园开始种植无性系茶树品种，产量进一步提升。密植茶园的大面积推广，奠定了台地茶今天在产量上占据主导的局面。”

“再次，熟茶工艺试制成功。普洱茶发展史上，1973年出现的熟茶是浓重一笔。对普洱茶来说，熟茶工艺的出现称得上是划时代的。你现在如果随机问一个人普洱茶怎么样，八成他的回答是一个黑茶饼。这说不上好还是不好，但说明熟茶已经快成为普洱茶的代名词了。”

“相比古代，现当代才是普洱茶发展的关键时期，普洱茶走出千万大山深处，步入亿万茶客心中。在座诸位多半是在绿茶或者红茶的熏陶中长大，如今却无一不是普洱茶拥趸。今天的普洱茶，才算真正走上广阔舞台。以上是对现当代普洱茶发展的一个简略介绍。”

花间一壶发现新大陆了：“密植茶园的数字让我震惊了一下。一亩茶园居然可以种植3000—5000棵茶树，那一棵茶树的成长面积有多大？就算3000棵树，一亩666平方米，那就是一棵树只占0.22平方米，差不多一个笔记本电脑的大小？”

茶小二：“跟古树没法比，一棵古树就能占好几平方米，有的自己能占几十平方米，加上树高根深，吸收的养料不知道多了多少倍。古树茶好喝且耐泡，这理由多充分。”

我微微一笑：“呼吸有道，普洱茶现当代发展情况不能这样就讲完了，这个阶段有太多重要事件。这些重要细节放到一个问题里讨论，既展不开又讲不透，我们干脆再拓展一个问题吧。众所周知，这一时期出产的普洱茶绝大多数进入了老茶阶段，但凡品质过硬的都成为世人追捧的名茶。站在品茶客角度上，这一时期出现了的那些名茶才更值得关注。我们就把拓展方向聚焦在名茶上，接下来的问题是：现当代时期普洱茶界出现的名茶主要有哪些？”

号级茶简史

呼吸有道：“坤土之木，你这个问题搔到了我的痒处。前面谈的固然重要，但已是过去式，只可远观不可触碰。对普洱茶爱好者来说，名茶才是抓手，是让你我享受品茶乐趣的物质基础。既然你要深度学习，是应该对史上名茶有所了解才行。”

花间一壶：“这个问题直击兴奋点！我也听过印级茶，还有七子饼什么的，但都是知识碎片，这些老茶到底怎么回事还是稀里糊涂。今天的茶会值了，居然能听呼吸有道老师讲授名茶史，有点爽歪歪。”

我跟着灌迷魂汤：“呼吸有道，这个问题绝对是重头戏。我们应该把名茶发展脉络搞搞清楚，对陈放转化形成认知。近几年你都是以中级茶和老茶为主，不仅实际经验丰富，而且知识储备扎实，你就让我们开开眼界，听听好茶的来历。”

呼吸有道：“虽然我是因为追求茶气入体，才刻意多品了几款中期茶和老茶，但谈不上经验丰富，大致聊一聊还可以，别抱太高期望。对了，坤土之木，你这个问题是不是应该再分拆一下？把号级茶和印级茶分成两个问题来讲。我的想法是，号级茶多半有百年历史，存世量极低，很难碰到。事实上我也没怎么喝过，聊号级茶我也是书本知识的搬运工。但印级茶不一样，我有一定体验，意义就不同了。你觉得呢？”

我点点头：“也是，号级茶的确有这个问题，太久远，要不有人把号级茶叫古董茶呢。那我们把号级茶和印级茶分开讲，按照时间顺序，先听听号级茶的传说。”

呼吸有道轻轻抿了一口茶：“号级茶，也被称为古董茶。一般是指清末之后到 1956 年之前，由私人茶庄出产的各类普洱圆茶，由于当时私人茶庄的名字一般都叫某某号，所以这些茶就被称为号级茶。由于年代久远，少的七八十年，多的上百年，现在茶店里基本看不见这些茶。号级茶如果还有流通，要么会在古董茶的茶友圈，要么会在拍卖场。至于价格，一饼茶一套房的水平吧。号级茶时代没有台地茶，都是由大树或者古树原料制成，原料质地优越。经过近百年转化，号级茶虽说口感巅峰已过，但茶汤浑厚水平、茶气入体深度，却趋于巅峰。提一句，号级茶的包装特别简陋：无说明书且不包棉纸，裸饼用笋叶包成一桶，就算完成。”

花间一壶：“你提到拍卖，我想起一场普洱茶拍卖会，对一款号级茶拍品的印象很深刻。时间应该是 2019 年上半年，好像是 5 月份，东京中央拍卖公司在香港的一场拍卖会。福元昌号的一筒古董茶，最后以超过2000万元港币的天价成交，被称为最贵茶王。还真是差不多一饼茶一套房啊，尤其在二线城市，在北京、上海虽然买不到核心地带，但买郊区没问题。"

呼吸有道竖起大拇指："对，是东京中央香港春拍。我补充一点细节，那筒福元昌号的古董茶制成时间是1920年，成交价2632万元港币。这个价格引起了很大轰动，号级茶成交记录因此提升一倍。之前的成交纪录是东京中央香港2018年秋拍创造的，拍品'百年蓝票宋聘普洱茶'的成交价是1332万元港币。"

茶小二咋舌："这么贵！福元昌号我听说过，没想到这么厉害，呼吸有道，你给介绍一下？"

呼吸有道："好啊！我现在就说说福元昌，普洱茶百年历史老字号。福元昌号由创始人余福生在光绪初年开办，最早是叫元昌号。元昌号当时在倚邦和易武两座茶山都设了厂，为有所区别，易武的茶庄被特别命名为福元昌号。光绪末年，两个茶号都受影响歇业，直到1920年左右福元昌号才重新开业，并持续经营到20世纪40年代。福元昌号选用优质易武茶菁，茶叶厚大，茶气充足，茶叶品质优越，因此被视为四大名茶庄之一，更被视为'普洱茶王'。香港拍卖会上创出天价后，那筒1920年的福元昌号圆茶，就被尊称为'最贵茶王'。"

花间一壶："四大名茶庄？除了福元昌号，还有哪几个？同庆号还是宋聘号？"

呼吸有道："这两家都是，再加上车顺号，就是四大名茶庄。当然现在能找到的四大出品已经极少，估计都是在拍卖会上交流。"

我接了一句："呼吸有道，能不能把私人茶庄的大概情况说一说，然

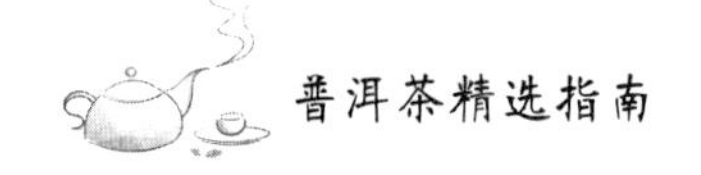

后再说说哪些茶比较牛？”

呼吸有道：“正有此意！下面我做一个简单总体介绍。号级茶，顾名思义茶品生产厂家都是私人商号，普洱茶私人商号的历史可以追溯到什么时间？答案是1733年！也就是在清朝设立普洱府后的第4年，著名的同兴号茶庄成立，这是公认清朝最早的私人茶庄。随后在1736年，影响力更大的同庆号成立，云南私人茶庄风起云涌的历史就此拉开。”

“虽然18世纪成立了不少茶庄，但真正的兴盛期还是在100年后的19世纪，众多茶庄陆续登上舞台。比如道光年间的车顺号（1939年），同治年间的同昌号（1869年），光绪时期的庆丰号（1875年）、福元昌号（1879年）、宋聘号（1880年）等。说起来，知名私人茶庄有数十家之多。除前面讲的四大名茶庄的说法，还有一个四大贡茶茶庄的概念，指宋聘号、同庆号、福元昌号和同兴号这四家。注意，同庆号、宋聘号和福元昌号这三家，在两个四大称号中都出现了，所以我觉得这三家是最有代表性的优秀茶庄。对了，还有一个关于车顺号的典故——道光皇帝御赐金匾，据说道光皇帝品尝了车顺号进贡茶品后十分满意，便御赐了‘瑞贡天朝’金匾。‘瑞贡天朝’金匾是古代云南普洱茶界的最高荣誉。”

“虽然号级茶存世量极少，但还是应该了解一下基本特点。第一个特点，易武原料。在古六大茶山中，易武茶山的地位一直位居榜首，各大茶庄制茶一般选择易武茶山为原料来源地，所以号级茶主要是易武风格。第二个特点，古树为主。这些优质原料内涵物质丰富，非常适于长期转化。第三个特点，石模压制。茶饼条索之间松紧适宜，这也使茶饼可以得到充分转化。第四个特点，转化充分。历经近百年，号级茶内含物质已充分转

易武绿大树

化，苦涩鲜爽的口感已经消退，真正能领略的是汤感和茶气。”

花间一壶艳羡：“呼吸有道，令人羡慕啊，看来你多少还是尝过号级茶。我觉得存世的号级茶，只要仓储没问题，肯定都是珍品。易武茶山，古树原料，百年转化，想想都让人垂涎三尺，号级茶只能拍卖。”

我也咽了口唾沫：“花间一壶，别煽呼了，太馋人了。呼吸有道，你说得对，号级茶跟大多数人关系不大，这些内容我觉得就可以了。尤其是你收尾的几句话，把号级茶为什么好讲得很到位，这对于评价体系很重要。接下来讲讲印级茶吧，我对这一部分更感兴趣，因为印级茶的可获得性比较强！”

呼吸有道欣然：“好，那我们一鼓作气聊聊印级茶。”

印级茶与七子饼

呼吸有道：“20 世纪 50 年代，普洱茶告别了私人茶庄制茶，进入公私合营和国营厂时代。当时云南有四大国营茶厂，即中国茶叶公司旗下的昆明茶厂、勐海茶厂、下关茶厂和普洱茶厂，编号依序为 1、2、3、4。这四大茶厂当年都用‘中茶牌圆茶’商标，由于商标上有八个‘中’字，因此所出茶品也被称为‘八中茶’。四大茶厂在产品上各有侧重，昆明茶厂主要产茶砖，下关茶厂主要产茶坨，而勐海茶厂主要产茶饼。印级茶是圆形茶饼，因此可以这么理解，印级茶主要由勐海茶厂出品。”

“印级茶的外包装很经典，中间印着一个由八个‘中’字围成一圈的‘八中’图案，圆饼上弧排列着一行繁体字：中国茶叶公司云南省公司，下方写着：中茶牌圆茶。强调一点，这些字是从右往左排的。还有一点很特别，‘八中’图案的中间部位是一个‘茶’字，但这个‘茶’字的颜色不固定，可能会被印成红、黄、绿、蓝等多种颜色，根据‘茶’字印制颜色的不同，人们把它们分别叫成红印、黄印、绿印和蓝印茶，统称印级茶。”

花间一壶马上接腔：“我喝过几款，有黄印还有雪印什么的，但是雪印那些‘茶’字也不是雪白的啊，为什么会这么叫？”

呼吸有道乐了：“能喝到雪印也不错啊，那也是名品，名字来历等会儿说。雪印是稍后要讲的七子饼茶，也很牛。”

我趁机接了一句：“从印级茶到七子饼，这个转换是怎么回事我一直不太清楚，等会儿要好好听。”

呼吸有道：“按照时间顺序，我们先讲红印。红印圆茶最先出现，渊源可以追溯到20世纪40年代，主要有无纸红印、红印铁饼和甲级红印这三种。红印茶采用勐海古树料，茶菁壮硕、条索紧实、颜色栗红、叶底柔软，采用传统工艺制造，绝对是勐海茶厂名满天下的代表作。”

“然后是绿印圆茶，20世纪50年代和60年代出现，由于油墨颜色的影响，也被人们称为蓝印。绿印是红印之后流传很广泛的一款茶，也被很多人视为红印的姊妹款。具体一点，绿印还可以分为早期绿印和后期绿印。早期绿印还有一个故事：为根据茶菁质量分级制茶，当时设计了甲、乙两个等级并且提前印制了包装。结果收购的茶菁质量非常好且均衡，不好分级，而包装纸已经印好，就只好用蓝色油墨将纸上的甲级、乙级字样遮上。几十年后由于墨水颜色渐退，之前印上的甲乙字样慢慢显出来，这样茶饼就有了别名‘绿印甲乙圆茶’或‘蓝印甲乙圆茶’，其实是一回事。这种茶无论在香气、滋味、茶气等方面都是一流水平，具有极高收藏价值。但后期绿印有所不同，是勐海茶厂生产的大批量产品，其中一部分产品是小树料制成。”

“再之后是黄印圆茶，出现在20世纪60年代初。总的来说，黄印数量不多，根据饼身大小还可分为‘大黄印’和‘小黄印’两种。黄印不仅在包装上有黄色的‘茶’字，而且由于茶菁中毫头多导致茶饼陈化后也呈黄色。特别说明一点，黄印本质上是为促销茶品、增加流通而制作的一款通用产品，核心特征是采用拼配工艺，不是传统一口料。可以这么说，黄印不仅是现代拼配茶菁的开山之作，也是如今七子饼茶的前身。”

“印级茶主要是这三种。印级茶主要特点是：第一，以布朗山领衔的新六大茶山为原料产地，不同于号级茶采用古六大茶山原料，普遍呈现滋味强烈、茶气浓厚的特征；第二，主体以古树料为主，尤其红印和绿印，内含物质丰富，适于长期转化；第三，具有典型的‘承上启下’特征，早期产品与号级茶几乎没有差异，后期产品则近于当代七子饼，既有原料拼配工艺也有小树原料；第四，经过60年左右的陈放转化，印级茶已经成为老茶经典。”

“就存世茶而言，印级茶绝对居于普洱茶收藏界的塔尖，理由有二：一是转化充分，已进入生茶巅峰期；二是经过数十年消化，存世量日渐稀少。如同号级茶，拍卖场和茶友圈才是印级茶唯二的流通场所。最近这些年，印级茶一直是主力拍品，成交记录一再被刷新。我们以保利香港2020年秋拍情况为例，一筒蓝印铁饼（20世纪50年代）以325万港元的价格成交，一筒红印圆茶（20世纪50年代）以687万港元的价格成交；一筒无纸红印（20世纪50年代）以295万港元的价格成交；两片甲级蓝印（20世纪50年代）以113万港元的价格成交。大家简单算算，任何一片的价格都在40万港元以上。关键是，随着存世量的进一步减少，价格还会进一步提升，未来在价格上有望赶上号级茶！”

话音刚落，茶小二就问了一句：“我先打个岔，那以后七子饼会不会也这么升值？应该会吧。”

花间一壶乐了：“肯定会，就是一个简单道理：物以稀为贵。茶小二你这么急迫，是不是你有不少好茶啊，哪天让我们见识见识。”

茶小二一脸笑眯眯：“那不能说，有也不能说。不过等我们这些古树春茶也变成老茶，那应该升值也会不小吧。”

我微微一笑：“肯定升值，我对这些茶有信心。不过现在还不是讨论这些的时候，我们抓紧让呼吸有道把七子饼讲完。”

呼吸有道点头继续：“要说到尾声了，讲讲从印级茶到七子饼的转换。”

“首先要明确，这里讲的转换仅限于从印级茶到七子饼。并不是讲一般意义上的七子饼起源，不过这个起源还是简单带几句吧。七子饼已有两百多年历史，当时是清政府为规范计量、生产和运输制定的一个包装标准：七饼茶包为一筒，后来就演化成了七子饼。我这里要讲的七子饼，是新中国成立后中茶公司产品名称上的一个阶段，即从‘中茶牌圆茶’阶段转换成‘云南七子饼茶’阶段。前面提到，印级茶的包装封面有三个内容：居中的八中茶标、顶部‘中国茶叶公司云南省公司’字样（从右到左）和底部‘中茶牌圆茶’字样（从右到左）。而到了中茶七子饼时期，包装封面顶部和底部字样出现了变化，顶部改成‘云南七子饼茶’字样（从左到右），底部则调整为‘中国土产畜产进出口公司云南省茶叶分公司’字样（从左到右）。由于新包装上出现了‘云南七子饼茶’这几个字，人们就把这个阶段的茶品简称为七子饼，与印级茶形成区别。”

“关于七子饼茶的起始时间有两种说法：一种是说 1968 年之后就不再生产‘中茶牌圆茶’，应该从 1968 年开始计算；另一种是说要从中国土产畜产进出口公司云南省茶叶分公司（以下简称‘云南分公司’）成立的 1972 年 6 月开始计算。我认为从包装的规范性上讲，在公司主体尚未成立之前，应该不会出现正规的七子饼茶包装，所以倾向从 1972 年开始算。从中国茶叶公司到中国土产畜产进出口公司的变迁，实际上是赋予各茶厂自主安排生产的状态。在这样的背景下，云南分公司在包装上凸显了‘云南’字样，这就有了今天我们所说的七子饼茶。”

“随着时间的推移，相对年轻的七子饼茶一定会接替印级茶，成为普洱茶藏家新的重头戏。为此，关于七子饼茶我准备介绍得详细一点。提示一下，七子饼茶其实不是一个好称呼，因为很容易让人跟普洱茶的包装形态混为一谈。因此，我个人对七子饼茶的另一个名字更感兴趣——‘唛号茶’。说起来也是，大家平时在讲到具体一款七子饼茶的时候，往往更多的是用唛号来区别。在这里我先给大家讲一讲唛号。1972 年云南分公司成立后，为适应出口创汇的要求，普洱茶生产规范有了统一要求。其中一个重要细节是为每类产品制定一个四位数字的唛号，唛号前两位表示首次生产的年份，第三位表示主要的茶菁等级，第四位是茶厂序号。茶菁等级是按照 1 到 9 的顺序排列，数字越大表示茶菁越粗老；茶厂有 4 家，具体编号是：1 为昆明茶厂、2 为勐海茶厂、3 为下关茶厂、4 为普洱茶厂。以唛号 7532 为例，意思就是 1975 年首次生产，以 3 级茶菁为主拼配，由勐海茶厂生产的一种茶。除了 7532，比较知名的唛号还有 7262、7452、7542 和 8582 等。接下来，我可能会七子饼茶与唛号茶并用，大家别听晕了哈。”

“1973 年最重要的事项莫过于出现普洱熟茶。很多人可能知道熟茶工艺与广东老茶关系匪浅，但很少有人知道熟茶跟数百年前的皖南安茶也颇有渊源，这段故事以后有机会再说。20 世纪 50 年代到 60 年代，广东茶叶公司的老茶出口需求居高不下。以此为背景，广东等地开始尝试人工加速发酵的制茶工艺并取得初步成功。后来，勐海茶厂通过对广东等地经验的借鉴，创新发展出当前通行的普洱熟茶工艺，普洱茶从此进入生茶与熟茶并行的阶段。”

“七子饼茶有很多经典产品。首先是大蓝印，勐海茶厂 20 世纪 70 年代中期产品，唛号为 7682。大蓝印这个叫法主要是因为包装上的‘茶’字是蓝色，同时茶饼比标准茶饼稍大。虽然这款茶在坊间被称为大蓝印，但并不是印级茶。这款茶的特别之处是采用了蒸青工艺，与其他的低温杀青方式有所不同。第二款讲 7542，这是一个非常知名的唛号。作为勐海茶厂的代表性产品，苦涩偏重，但能迅速回甘，并且茶气十足，后期转化效果好。声名远播的 88 青、简体云，都属于 7542 唛号。第三款是 7532，也是一款知名产品，1975 年首发，茶菁级别比 7542 高一级，同样是勐海茶厂代表产品，也被称为生茶标杆。7532 有个雅称叫雪印，这是一位台湾茶人的创意：为了让 7532 迅速为人所知，这位茶人借用了当时台湾一款流行牛奶的名字——‘雪印’作代称，结果就这么流行开了。由于七子饼茶的转化时间已普遍进入老茶区间，所以越来越多地出现在拍卖场上。2020 年 12 月的保利香港秋拍上，6 筒 7532 雪印（20 世纪 80 年代）以 213 万元港币的价格成交；1 筒 88 青以 119 万元港币成交。你们手里如果有中茶七子饼，千万留住，这可是未来的古董级名茶。”

“坤土之木，我熟悉的部分就到这里了，任务是不是完成了？勐海茶厂改制以后的情况，脉络太多，故事也多，负面新闻也不少。对此我谈不上什么见地，就不多谈了。你的三个问题，回答完毕。”

呼吸有道话音刚落，茶舍的几位便纷纷鼓掌。

我接过话头："呼吸有道，你一番侃侃而谈，很有章法，简洁而不简单，把我记忆中很多混乱或者模糊的地方理顺了。我今天算是对号级茶到唛号茶的历史有了清晰认识，尤其对老茶的理解更扎实了，关键是对品质决定因素有了更深的理解。不多说了，以茶代酒，请满饮此杯！"

花间一壶："作为打酱油观众，我也要表达一下谢意。一方面是极大丰富了普洱茶知识，另一方面是满足一个小小的好奇心：最近我很偏爱雪印，滋味丰富、茶气足。但一直好奇为什么有这么一个看似与云南茶无关的名字，原来渊源是一款牛奶！"

茶小二："今天我听得也爽，这些有年头的事情平时不怎么关心，也是糊里糊涂。今天听呼吸有道这么一讲，触动挺大，更加坚定了我认真做好古树纯料茶的信心。"

我点点头："茶小二，好多人做茶图赚快钱，结果可能是做不出什么好茶。你这个想法要坚持下去，我们肯定支持你。对了，下一场讨论，你会有重要任务，期待你的发挥！"

茶区茶山与名寨

普洱茶地理标志产品保护范围是云南省的11个市州，核心产区是三个：西双版纳州、临沧市和普洱市。古六大茶山、新六大茶山以及六大系列之外的东半山、西半山、无量山等著名茶山，便是这三大产区中的翘楚。不同产区风格不同，不同茶山风格也会不同，一如法国葡萄酒的“风土”之说。历经千百年积淀，从无数山头中涌现出十大名寨。深入茶区、茶山和名寨，才能充分了解风格特征，理解好茶的复杂与多样。

地点：木子理茶舍

人物：坤土之木、川普、茶小二

众多茶友中，川普是最乐于实践的一位，足迹遍及各大茶山。若要对茶山和名寨进行“扫描”，川普无疑是最佳访谈对象。茶小二常年跑茶山，对茶山风物的观察更加入微，也是不可或缺的访谈对象。一个阳光明媚的下午，我们依旧在申时相聚。

甫一坐定，茶小二便开始展示茶饼，是产自勐宋、困鹿山和大雪山的三款茶。

我十分高兴：“茶小二，真是有心人。西双版纳勐宋、普洱困鹿山和临沧大雪山，一个产区一款！”

川普也点头：“茶小二是个好同志，认真又靠谱。知道今天茶会的主题是什么，就从茶仓里选茶来用，值得表扬。”

川普貌似有点欲言又止，迟疑一下却没再说什么。我觉得有文章：“川普兄，似乎你还有什么没说完？”

川普微微一笑：“对，还是应该说一句。近两年我只喝红汤普洱，就是老生茶和熟茶，主要目的是调理胃病。目前收效明显，我的萎缩性胃炎已经从中度恢复到轻度了，所以除红汤普洱以外我现在基本不碰。刚看了一下，虽说2007年的茶勉强接近中期茶但还是比较新，茶汤肯定不红。等会儿喝这几道茶的时候，我只能是一尝，另外给我泡一道熟茶吧。”

茶小二露出一嘴白牙：“没问题，我这里中期茶老茶不好找，但熟茶保证管够！”

我略显惊喜：“川普兄，你这个情况有价值。我知道红汤普洱有温胃健脾的功能，但之前案例都是健脾，比方说对脾虚腹泻的康复效果很突出。但治疗萎缩性胃炎你这是第一例，这是又一个验证普洱茶功效的实例。你要坚持下去，争取把轻度二字也去了。”

“川普兄，今天的茶会主题，是想让两位给我系统介绍一下核心茶区的茶山与名寨，以便对好茶分布形成框架性认识。”

川普：“好，那我们开始。我们按照西双版纳、临沧和普洱的顺序来，先讲茶区再讲茶山最后讲名寨。茶小二，请把茶泡上，我的茶也泡上。”

西双版纳之一：古六大茶山

既然先讲西双版纳，茶小二就撬开了勐宋——西双版纳茶区名品。

川普开讲："西双版纳，是傣语的发音，意思是'十二个千亩'（'西双'意为十二，'版纳'意为千亩，千亩是古代行政单位）。西双版纳位于云南省西南边陲，与缅甸、老挝两国接壤，是三个主产区中最靠南的一个，下辖2县1市（勐海县、勐腊县和景洪市）。西双版纳是普洱茶生产历史最悠久同时也是产量最大的茶区，目前有古茶园8.2万亩，分布于100多个村寨之中。特别说一句，著名的勐海茶厂就坐落于勐海县。西双版纳主要古茶山有14座，以澜沧江为界分为江东6座和江西8座。古茶树的树龄分布从100年到1700年不等，大多数在200—500年。"

"我们按照从古六大茶山到新六大茶山的顺序来讲。古六大茶山有5座在勐腊县：易武、倚邦、蛮砖、莽枝和革登，另一座攸乐在景洪市。古六大茶山以易武为首，我们重点介绍一下易武茶山。易武，也来自傣语，意为'美女蛇居住之地'。易武茶山属于易武乡，易武乡境内山高谷深，最高海拔是黑水梁子的2023米，平均海拔1400米。"

"易武茶山是六大茶山中面积最大的一座，它包括易武正山、慢撒茶山、曼腊茶山三个子茶山，现存古茶园约7000余亩。易武茶的最大特点是'柔'，也就是刺激性不强，甜味较清晰，所以在普洱茶界有'班章为王，易武为后'的说法。"

川普举起茶杯抿了一口："嗯！2007年勐宋，接近中期茶，典型勐海风格，茶气强劲。茶小二，别忘了给我一杯熟茶。"

放下茶杯，川普继续："古六大茶山不用一个个都讲吧，大的区别其实也没有，逐一讲听起来有些无趣。六个里面我讲三个，找特点突出的。刚刚的易武是古六大之首，是必须要讲的，接下来讲讲倚邦。"

"倚邦在傣语中是茶井的意思。倚邦山位于勐腊县最北部，拥有习崆、架布、曼拱等子茶山，古茶园总面积为2950亩，茶树普遍高3—7米。在六大茶山中，倚邦茶山海拔最高且差异更大，海拔最高处为1950米，而最低处只有565米。倚邦茶山同样山高谷深，气候湿润，阳光充足，冬季雾多，是茶树生长的上佳环境。倚邦茶山不仅有大叶种，还有上百亩小叶种古茶园，树龄在三百至五百年。”

“倚邦茶山曾经十分辉煌，是明清时期古六大茶山的政治、经济和普洱茶集散中心。明朝隆庆年间，车里宣慰使司（傣族土司名）把所辖区域划分为12个行政区域——十二版纳，倚邦划为十二版纳之一的版纳倚邦，统一管辖六大茶山。倚邦茶山大叶种茶芽叶肥厚、大茸毛多，是制作普洱茶的上好材料；而小叶种茶叶面平、叶质软、色泽绿、茸毛长，适合制作普洱茶和绿茶。倚邦古茶树的数据很好，大叶种茶叶的茶多酚为27%—38%、儿茶素达160—220毫克/克，数值明显高于其他地区。”

“古六大茶山有5座在勐腊，1座在景洪。勐腊的另几座山我们简单介绍一下：蛮砖茶山，位于勐腊县象明乡，平均海拔1100米，茶汤饱满，苦涩轻，留香持久，回甘快，喉韵深；革登茶山，同样在勐腊县象明乡，平均海拔1300米，茶汤苦涩较弱，回甘较好，汤质顺滑；莽枝茶山，还是位于勐腊县象明乡，平均海拔1400米，茶汤苦涩较弱，回甘快，茶气稍弱。”

“古六大茶山的收官环节留给攸乐茶山。攸乐茶山是古六大茶山中唯一一座在景洪市的，位于景洪市基诺山基诺族乡，与革登茶山、莽枝茶山隔江相望。攸乐茶山有古茶园2900多亩，分布在海拔1100—1500米。攸乐茶在香型和口感上与曼撒、易武接近，苦涩稍重，但回甘好，汤质滑厚，同样有山野韵。”

我点点头：“嗯，川普兄，我觉得你这个介绍方式很好，既避免了冗长无趣，又讲到了核心要点。接下来可能是大家更感兴趣的部分，古六大茶山中有哪些好山头值得我们关注？古六大茶山里的山头名寨那么多，怎么取舍啊？绝对是个难题，哈哈。”

川普嘿嘿一乐：“我表示不同意见啊，绝对不是难题！这么多有名的山寨，真要逐个介绍能把我累死。所以干脆简单粗暴点，只介绍入选十大名寨的那十个，你难不倒我！”

我鼓掌认同：“好主意！之前有点担心，这么多名寨怎么讲怎么听，关键还记不住。你选最核心的十大名寨，的确是最佳解决方案!”

川普继续：“我们把古六大茶山中列入十大名寨的讲一讲。首先是刮风寨。刮风寨是顶流名茶，无论茶气、香气还是滋味，都代表好茶的高阶标准，尤其茶气，更被视为刮风寨第一优点和特点。不少朋友喜欢体感，那一定要体验一下刮风寨。多说一句，茶气虽然不是每个人都能感受到，但身体比较敏感的人——资深茶客、传统中医、修行或素食者，茶气感受会比较明显，喝茶会有生热出汗等反应。刮风寨的品饮特点：茶汤苦涩含蓄，甜度好，有蜜香，茶气强劲内敛，喉韵绵长。”

“第二个讲弯弓寨。弯弓大寨也是易武名品，位于古曼撒茶区。曾经的弯弓大寨在易武茶山算是福地旺地，但后来名声不振，社会影响力慢慢降下去了。这个情况直到近年才改变，弯弓寨的名气重新大了起来，关键是这里的茶成为公认的顶级名茶。弯弓寨品饮特点：茶汤柔和，滋味饱满，回甘生津好且持久性强，喉韵绵长。”

“第三个讲麻黑。麻黑同样是易武名茶，也被视为易武茶代表之一。很多人知道易武茶的茶气越放越足，而麻黑茶在这一点上的表现格外突出。麻黑被视为陈放转化的顶流明星，因此很多人愿意收藏并长期持有。麻黑茶品饮特点：茶汤饱满，有花果香，刚柔并济，茶气悠远持久。”

“第四个讲曼松。这个寨子终于不再是易武茶山了，曼松属于倚邦茶山，是著名的三大皇家茶园之一。由于有皇家茶园的背书，加上自身品质优越，曼松茶近年来影响力不断扩大，但产量却少得有些尴尬，想喝到正宗曼松茶要讲点运气。曼松茶品饮特点：茶汤饱满，香气悠扬，甜度好，茶气足，体感显著。”

西双版纳之二：新六大茶山

茶歇时间，川普拿起盛满 2015 年五行和蕴的公道杯自斟自饮。茶小二一边补水一边问：“川普兄，接下来该讲新六大茶山了吧，这可到了我的地盘，听起来肯定过瘾。不过要按茶区分的话，新六大里的景迈不算西双

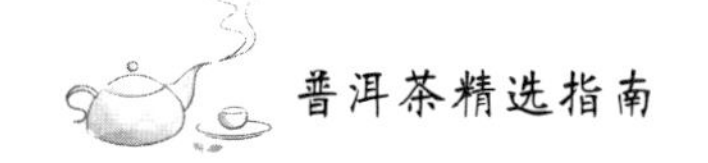

版纳的，你准备怎么讲？”

川普胸有成竹：“简单，那就归到普洱茶区讲，正好普洱茶区的知名茶山数量不多，让景迈在那边壮壮声势。好了，我接着讲。”

“新六大茶山虽然不是产茶新区，但在明清时期不算核心茶区。解放后，澜沧江以西地区大发展，那些‘养在深闺人未识’的古老茶山才成为耀眼明星。为与传统六大茶山相区别，人们给这些茶山起了新叫法——新六大茶山。新六大茶山的古茶园大多分布在海拔 1200—1800 米的山地，年降水量在 1200—1400 毫米，全年气候温和，雨量充沛，云雾缭绕，同样是茶树生长的上佳环境。就像茶小二说的，新六大茶山里的布朗、南糯、南峤、勐宋和巴达位于西双版纳勐海县，而景迈位于普洱市澜沧县。我们先讲勐海这五座。”

“第一座山，自然是名满天下的布朗山。专家考证，人类消耗的第一片茶叶就是在布朗山。布朗山平均海拔 1500 米，年降水量 1300—1500 毫米，山高谷深，是茶树生长的上佳环境。布朗山古茶园的茶树高且分枝少，因此产量偏低，更显稀缺。布朗山茶条索肥壮，滋味醇厚，苦涩重，回甘快，口感刺激性强。在各大茶区中，布朗山茶以苦涩重为最主要特点：重苦重涩，苦能化开，涩能转化，回甘和生津强烈。”

“第二座山，著名的南糯山。南糯为泰语，意为‘笋酱’。南糯山位于勐海县格朗和乡东面，与勐宋茶山隔河相望，是离勐海县城最近的茶山。南糯山平均海拔 1400 米，年降水量在 1500—1750 毫米，气候温润，常年云雾缭绕，十分适宜茶树生长。南糯山有古茶园约 1 万多亩，树龄大多 100 年以上。南糯山茶品饮特点：苦弱涩显，有兰香和蜜香，生津快，回甘好。”

“后面三座山的简要情况介绍一下：南峤山，位于勐海县勐遮，又称勐遮古茶山，品饮特点：口感苦涩，有花蜜香，回甘较好；勐宋山，位于勐海县东部，是勐海最古老茶区之一，品饮特点：苦涩均有，有花香，回甘较好；巴达山，位于勐海县西定乡，古茶园主要分布在章朗寨，品饮特点：味道苦涩，有梅子香和蜜香，回甘生津快。”

说到这里，川普再次进入饮茶润喉状态。茶小二兴奋地搓搓手：“五座茶山讲完了，该讲名寨了。十大名寨里面，勐海有三个，仅次于勐腊。”

川普微笑点头："先讲勐海第一个：老班章！号称普洱茶王的老班章，就出自布朗山的老班章村。由于老班章茶气刚烈，厚重醇香，霸气十足，所以被尊为普洱茶的'茶王'。老班章是普洱茶中茶气最足的一款茶品，特点是苦涩味重且回甘持久。注意，老班章也不全是苦茶，还有甜茶。品饮特点：茶气霸道，苦涩转化快，回甘持久且香气高远，喉韵好。"

"班章王"

"第二个讲那卡。那卡，属于勐海县勐宋乡大曼吕村委会。那卡古树茶是勐宋茶区最具代表性的茶，全寨有600多亩成片古树茶园，树龄在300—500年。那卡茶没有布朗山茶那么苦，香气高过冰岛茶而口感相近，但茶底没有冰岛细。品饮特点：苦涩突出，香气高扬，汤中带甜，回甘较快，耐泡度好。"

"第三个讲老曼峨。老曼峨，是整个布朗山最大、最古老的布朗族村寨。老曼峨茶最大特点是苦重，不过也有少量的甜茶出产。品饮特点：滋味浓烈，苦涩厚重，耐泡度高，入口苦味重，转化后回甘突出。"

临沧茶区：茶后的故乡

稍事休息，川普笑眯眯地讲临沧："接下来讲临沧。临沧这个地名跟澜沧江有关，临沧市以澜沧江为界与普洱市毗邻，可以说是临澜沧江而居。临沧是三个主产区中最靠北的一个，下辖临翔、云县、凤庆、永德、镇康、耿马、沧源、双江7县1区。国内专家研究认为，云南北回归线两侧是世界茶树的起源中心之一，这正是临沧的位置。所以临沧被视为云南大叶种茶故乡，也被视为世界茶树起源中心地带。如今，临沧境内拥有众多野生茶树群，并保有世界上最古老的人工栽培茶树。”

“临沧茶区年平均气温17.5摄氏度，年降水量1400毫米，全区气候温和，光照充足，纬度低海拔高，水资源丰富，土壤偏酸性，适宜茶树生长。海拔高的地方茶叶的生长周期长，茶叶品质更好，正所谓‘高山云雾出好茶’。临沧古茶园大都分布在海拔1500—2000米，位于温暖湿润、云雾缭绕的深山密林中，远离污染源，落叶层厚，土壤有机成分高，透气性好，为茶树生长提供了卓越环境。”

“临沧茶的名气一直很大，但早年是以滇红为主，临沧也因此被称为‘滇红之乡’。如今，在冰岛、昔归等一系列名茶的影响下，临沧普洱茶名满天下。临沧目前有茶园总面积130万亩，其中野生古茶树群落约为40万亩，栽培型茶园面积约为65万亩（百年以上古茶园9万多亩）。”

川普讲到这里又拿起熟茶：“我喝了有十泡吧，这款茶的回甘出来了，喉韵很好。茶气从后背往上，很暖很舒服。好了，接下来介绍一下临沧茶区的几座著名茶山。临沧地区的茶山分布很广，数量众多，但没有类似古六大、新六大这种提炼总结。特别值得关注的是勐库地区，有这么一句话——‘勐库十八寨、寨寨出好茶’，说的就是双江县勐库镇辖区内茶山密布且质量优良。勐库十八寨之间距离都不远，只不过被南勐河分割成两个片区，一个是河东的邦马山，习惯上叫东半山；一个是河西的马鞍山，习惯上叫西半山。勐库十八寨不可能一一讲解，按照习惯分成邦马山和马鞍山来讲更合适，当然叫成东西半山也可以。我们先介绍勐库的茶山，然后再说说另外几座。”

“第一座，勐库西半山。先讲西半山是因为冰岛老寨在这个片区。众所周知，冰岛古茶园是云南大叶种茶的发祥地之一，从明成化年引种至今五百多年，被誉为‘云南大叶种之正宗’。勐库十八寨里，有十个寨子属于西半山，分别是：冰岛、坝卡、懂过、大户赛、公弄、邦改、丙山、护东、大雪山、小户赛。勐库西半山所产茶叶苦涩平均，香气丰富，滋味柔顺，醇厚浓郁，回甘生津迅速，持久度好。”

冰岛老寨

“第二座，勐库东半山。东半山也被当地人叫作马鞍山，平均海拔在1800米左右，年平均气温为15.85摄氏度，常年云雾缭绕，日照充足，非常适宜茶树生长。勐库十八寨里，有八个寨子属于东半山，分别是：忙蚌、坝糯、那焦、帮读、那赛、东来、忙那、城子。勐库东半山所产茶叶香气强烈，生津回甘迅速，持久度好。”

“第三座，昔归茶山。昔归茶山位于澜沧江畔的昔归忙麓山，历史上这里还是茶马古道的古渡——归西渡口。昔归茶区是罕见的低海拔古茶区，茶林主要分布在海拔700—900米。年平均气温21摄氏度，年降水量1200毫米，土壤为赤红壤。昔归古茶园混生于森林中，树龄多在200年以上，‘昔归茶王’树的树龄在800年左右。昔归茶树主干细，支干细长，叶片也细长，因而被称为‘藤条茶’。昔归茶特点：微涩甘甜，香高气扬，回甘生津好，茶气醇厚。”

“第四座，大雪山。大雪山茶区位于双江县大雪山中部，海拔高度在2200—2750米。大雪山茶区的野生古茶树群落，是目前全世界海拔最高、密度最大的大叶茶种群落。由于鲜叶采摘难度比较大，总体产量比较低。品饮特点：香中带兰香，微苦回甘转甜，口感刺激性强。”

“第五座，忙肺茶山。忙肺茶区位于世界茶树发源地之一的永德县，茶区生长分布大量野生型、过渡型、栽培型的古树茶，并且面积巨大。忙肺茶特点：滋味微涩，香气高扬，口感饱满，生津明显，喉韵持久。”

川普清了清嗓子：“我们一鼓作气，把临沧茶区列入十大名寨的两个介绍一下，就算这一个段落完成。”

“临沧茶区最著名的莫过于冰岛茶。冰岛这个名字有意思，不了解的人还以为是欧洲那个国家呢。冰岛，来自当地语言的发音，还曾经叫过‘丙岛’，后来才变成今天的名字。冰岛古茶园种植范围主要在勐库镇冰岛村、公弄村和大中山等地。冰岛茶树是典型的勐库大叶乔木树，长大叶，墨绿色，非常独特。冰岛茶是勐库茶的极品，被誉为‘普洱茶后’，与老班章齐名。冰岛茶品饮特点：兼具东半山茶香高及西半山茶气强之长，入口苦涩度低，香气明显，茶汤饱满，有冰糖甜，茶气充盈，耐泡度极好。”

“接下来是昔归茶，同样位列普洱茶十大名寨。昔归古茶园位于临沧邦东乡邦东行政村，混生于森林中，古树茶树龄约200年。昔归茶园海拔不到1000米，是罕见的低海拔优质古茶园。昔归茶园每年只采春茶和秋茶两季，茶质较好。昔归茶品饮特点：滋味厚重，香气高扬，茶汤饱满，茶气强烈，回甘生津好，耐泡度好。”

昔归栈道

普洱茶区：好茶不怕山路远

川普：“接下来要讲普洱茶区了。这个地方茶小二格外熟悉，有什么内容遗漏的话你随时补充啊。”

“普洱茶区作为普洱茶的名称来源，在普洱茶界的地位非常高大，有很多经典名号，比如‘世界茶源’‘中国茶城’‘普洱茶都’等，讲的都是普洱地区。普洱茶区在三个主要产区中位居中间，面积最大，下辖思茅、宁洱、墨江、景东、景谷、镇沅、江城、孟连、澜沧、西盟9县1区。普洱地区同样位于北回归线附近，同样是世界茶树原产地中心，也是普洱茶原产地之一。普洱地区野生茶树群落的分布很广泛，主要在无量山、哀牢山和澜沧江两岸。从具体茶区看，普洱地区有八个著名茶区：景迈、邦崴、千家寨、无量山、板山、佛殿山、营盘山、牛洛河。我们今天选几个代表性茶山讲。”

“普洱地区名气最大的当属位列新六大茶山的景迈山。提到景迈山，对普洱茶稍有了解的人都会想到一个词——千年万亩古茶园，这是景迈山最牛气的地方。景迈山在普洱市澜沧拉祜自治县惠民乡，东邻西双版纳勐海县，西邻缅甸，是西双版纳、普洱与缅甸的交界处。景迈山古茶园占地面积2.8万亩，实有茶树采摘面积超过1万亩，标准的千年万亩概念。从茶的角度看，景迈山最突出优势是自然生态。景迈山古茶园中的茶树没有人为矮化，千百年来一直保持与自然古树混生的状态。有一种著名中药材叫螃蟹脚，专门寄生在普洱茶树上。由于自然生态良好，景迈山古茶园居然成了最著名的螃蟹脚产地。这里讲一个情况，2021年景迈山古茶林文化景观已被国务院批准为中国2022年正式申报世界文化遗产项目，目前正在申遗进程中。如果申遗成功，景迈山将会是第一个茶类世界文化遗产。再说说景迈山普洱茶的特点：苦弱涩重，甜味持久，有山野气韵和兰花香气。”

“接下来说困鹿山。困鹿山，是无量山一支余脉，关于无量山的介绍，我们稍后再展开。虽然困鹿山与无量山有关联，通常还是把它当作一座独立茶山看待。困鹿山属于普洱市宁洱县宁洱镇，海拔在1410—2271米。困鹿山广为人知的原因是皇家古茶园。资料显示，困鹿山古茶园在雍正年间首次被清政府定为皇家御用茶园，距今已有二百多年历史。当时的地方官在普洱府宁洱镇建立了贡茶茶厂，精制团条砖和茶膏进贡朝廷。由于困鹿山皇家贡茶的巨大成功，普洱茶几乎在一瞬间成为名满天下的好茶。《普洱茶记》中记载：‘普洱茶名遍天下，味最醉，京师尤重之’。困鹿山茶品饮特点：微苦化甘转甜，甘甜混生，喉韵持久，茶气十足，体感显著。”

川普提高声量来了一句："接下来说说我们熟悉无比的无量山！"

无量山对我们这个茶友群来说，可是亲切无比，绝对是真爱！因为常喝无量山古树熟茶把脾胃调理好的，在我们茶友会里可是有相当几位。

川普："无量山南北长约 83 公里，东西宽约 7 公里，最高海拔 3306 米，最低海拔也在 1000 米以上。无量山同样山高谷深，海拔高度差大，气候垂直变化明显，干湿分明，雨热同季，寒潮影响微弱，年温差大。毋庸置疑，云南无量山非常适宜茶树生长，早在唐代就有'茶出银生城界诸山'的记载。"

"无量山幅员广阔，茶树资源非常丰富，以下几点值得注意：一是野生茶树存量大。无量山野生茶树主要分布在海拔 1600—2200 米，散布全山随地可见。同时树龄普遍较大，基部干围通常在 1.5—2.9 米的水平。二是品种丰富。受益于茶树园的广阔面积，无量山茶树多种类型并存：野生型、自然杂交和栽培型。"

"再说说无量山普洱茶品饮特点：苦显涩弱，但涩较长，回甘较好亦生津，汤质饱满，香纯气正且持久。关于特点补充一下，这只是一个大概描述，具体到特定山头差别很大，一个山头一种茶才是普洱茶。"

"十大名寨归在普洱茶区的就一个：困鹿山！刚刚讲茶山时已经把大体情况介绍过，这里补充点细节。困鹿山古茶树群落总面积 10122 亩，分东、南、西、北四个部分。困鹿山三号茶树，胸径 2.53 米，树高 25 米左右，是目前发现的最大栽培型古茶树。2004—2006 年，中国农业科学院专家对困鹿山茶树群落进行了三次考察，认为栽培型古茶树有 400 年以上历史，而过渡型古茶树则高达 1000 年以上。困鹿茶的品饮特点在前面已经提过，就不重复了。"

茶小二插了一句："你对别的茶区至少都讲了两款茶，尤其西双版纳一口气就占了 7 个寨子，普洱茶区只讲一个名寨，是不是太少了点？"

川普一下乐了："当然不能只讲这一款啊，还得讲讲我们的明星——千家寨！千家寨可是世界茶王树所在地，讲普洱茶岂能略过？"

"千家寨位于普洱市镇阮县九甲乡，严格来说属于哀牢山一脉，但由于地理位置与无量山十分接近，坊间人们更愿意将它视为无量山一系。千家寨古茶园面积也很大，仅野生茶园就有 5 千亩之多，分布于海拔 2100—

2500 米。千家寨地区雨量充分，云雾缭绕，古茶树与上千种高等植物共同生长。特别强调一点，千家寨有著名的世界野生茶树王——古茶 1 号，这棵古茶树的树龄据测算已达 2700 年之多，树高 25.6 米，树基直径 1.12 米。2700 年，给一个历史参照标准，那就是公元前 7 世纪——著名的春秋时期！所以，仅凭这一点，千家寨就是世人无法忽略的顶级名寨！千家寨古树茶品饮特点：香气浓郁，苦味较重，轻微涩感，滋味协调性好。”

川普顿了顿语气：“好了，我的发言环节到此结束。接下来是讨论环节，我们往下接着聊！”

茶小二：“本来还以为会有我发挥的机会呢，结果根本就不需要。川普，你今天让我产生了新认识，你真是普洱茶专家水准。”

我举杯相邀：“感谢川普兄，今天几乎是你独挑大梁。给我们展示了云南茶山的大致风貌，也让我对不同产区的茶叶风格有了初步认识，这对后续的品质评价意义重大。在此深表谢意，请满饮此杯！”

重中之重论原料

一方水土一方人，更有一方草木。水土决定茶叶品质，一如“风土”决定葡萄酒优劣。在阳光、海拔、土壤、雨露和温度的影响下，同一树种也会形成不同风味，由此奠定普洱茶的多样化基础。作为一种经典农产品，原料是最重要的品质决定因素，欲知普洱茶优劣，必先知原料高下。我约了两位达人，共同探讨原料的品质判断，为选茶打下最关键基础。

地点：木子理茶舍

人物：坤土之木、泉慧、茶小二

勐海布朗、勐腊易武，一刚一柔，构成西双版纳茶区的阴阳双璧。如果要论茶区的阴阳组合，版纳与临沧无疑是标准一对。茶山之间、山头之上，到底隐藏着什么样的秘密和能量，让茶树叶片呈现如此纷繁的风格？

申时，我们三人在茶舍落座。茶小二一边准备茶具一边问："两位大茶客，今天想喝什么茶？"

泉慧掏出几款茶："今天的主题有意思，聊不同茶山的茶叶差异，我就带了几个不同茶区的茶。一款2013年冰岛，一款2000年绿大树，再一个是……"

话音未落，我惊喜插话："名满天下的绿大树！"

泉慧微微一笑："对，让你尝尝易武代表作。还有一款是20世纪80年代下关边销砖。茶小二，加上你的贺开和班改，今天茶款不少。我们边喝边聊，我之前对这方面有所关注但算不上系统，今天借这个机会一起整理整理。"

茶小二自问自答："先喝哪个？从新一点的开始，那先喝景迈班改。我拿盖碗泡！"

茶小二取茶同时，我开启话题："泉慧兄，这次是想聊聊影响普洱茶原料品质的因素。电话里特别提了土壤，我猜想土壤会不会是首当其冲的因素，当然也可能其他因素更重要。"

泉慧："原料是决定普洱茶品质的首要基础不假，但要搞清楚决定原料品质的因素不简单。影响原料品质的既有阳光雨露，也有土壤土质，更有海拔山高，重要性怎么看，的确要好好琢磨一下。"

我点点头："是啊，所以要跟两位专家诚心请教。海拔这个因素我知道是关键点之一，因为海拔不同，光照、温度、温差等都会发生变化，甚至可以将海拔理解为影响阳光效果的基础。给你打电话的时候，我还在犹豫是先说土壤还是先说海拔。后来为什么说土壤，应该是受葡萄酒的影响。波尔多葡萄酒庄在介绍酒品时，一般都会讲解土壤因素，而海拔因素几乎看不到，因为波尔多几乎是平原。"

茶小二："我说一个经验供参考。这些年在茶山找茶，但凡好茶，几乎没有海拔低的，土壤土质我觉得同一座山的相差不多。我感觉只有高海拔原料才能做出好茶，海拔重要性可能不比土壤弱。"

我点点头："树种的影响大不大？我对树种几乎一无所知，就知道大叶种、小叶种的说法，不清楚该不该把树种也看成关键。茶小二，你经常跟茶农接触，你认为树种影响大吗？"

茶小二："树种影响肯定不小，这是先天就有的差异。比方说勐海大叶种，这种茶就是茶气强烈、味道苦涩，但也带甜。要是换成冰岛长叶种，茶叶特点就很不一样，茶气不烈但持续有力，味道甜。突然想到一点，用树种可以印证土壤的重要性。"

我好奇了："什么意思？怎么印证？"

茶小二貌似神秘："我们常去的贺开，这几年有茶树被移栽到别的寨子，哎，没几年就发现移栽过去的茶树变了，再制的茶就跟贺开不一样，与新地方的风格相近了。这里最主要的区别不就是土壤吗，说明土壤对鲜叶的影响很大。"

我点点头："这说得通。不过，仔细想想还不能全归因到土壤上，是不是还有海拔、光照等方面的影响？毕竟是到了一个新地方，改变的不仅仅是土壤环境。"

我转头问泉慧："泉慧兄，你别光看我们俩在这闲扯啊，你这位大专家给讲讲吧？"

泉慧微微一笑："我这几天也在思考，简单梳理了八个影响鲜叶质量的因素，按照重要性排序应当是：阳光、海拔、水质、土壤、温度、树龄、品种和生态环境。"

我听后若有所思："泉慧兄，你这个排序让我想到了点什么，你先别往下说，我琢磨琢磨。"

泉慧点点头，随后举杯品起了景迈班改，任由我一旁发愣。

我略带兴奋地紧张思索，泉慧的排序似乎触动了脑海中的某个概念，我隐隐有一种茅塞顿开的感觉，但又说不清是什么。正冥思苦想中，茶小二的一句话提醒了我："小米粥这两年对中医特感兴趣，在自学中医，说什么医易同源，好像还在看易经。"

茶小二一句话让我如梦初醒——天地人！泉慧列举的排序，暗合“天地人”这一源于易经的文化概念。这种拨开云雾见青天的感觉，让我畅快之至，忍不住哈哈笑了出来。

泉慧和茶小二都扭头看我，我兴奋地解释：“泉慧兄，我明白了，你刚刚的排序，完全符合传统文化‘天地人’三才思想。你看，阳光和海拔，代表来自‘天’的能量，水质与土壤，代表着来自‘地’的气场，而立于天地之间的是茶树，受温度、雨水、树种、树龄和生态环境这些因素影响。这不就是妥妥的‘天地人’排序吗！泉慧兄，你这个排序与传统文化完美匹配，令人兴奋不已。来来来，快请细细讲解，我洗耳恭听。”

阳光与海拔：天上的能量

泉慧跟着点头：“你这么一说，还真是‘天地人’的概念，有意思。那我就先讲讲阳光这个因素为什么排第一。生物学概念上，茶树生物产量的绝大部分（90%—95%）是叶片通过光合作用合成的，阳光是影响普洱茶品质的首要因素。具体一点，阳光的影响机制是这样的：首先是光的波长。研究证明，植物只能吸收波长在0.3—0.75μ的光能，波长越短（紫光方向）的光能，风味物质形成上的作用越强。研究还发现，紫外线有一种突出作用：促进叶片生长，促使涩味物质（茶多酚）和甜味物质（还原糖）增加，但鲜爽物质（氨基酸）有所下降。云南紫外线强烈，所以云南茶树叶片普遍肥厚，滋味浓重，甘甜生津，但鲜爽程度略有不足。”

“第二是光照强度。一般来说，光合速率会随光照强度的增加而上升，云南产茶区都处于低纬度高海拔地区，光照强，光合作用的效率高。第三是光照时长。光照时间对茶树的生长周期影响很大，日照时间越长，生长周期越长。云南这方面优势得天独厚，光照时间很长，所以茶树一年可以采摘三季。这里虽然讲了三点，但最重要的应该是第一点，紫外线影响！”

我连连点头：“听君一席话，水平上台阶！这下我不仅理解了阳光重要的原理，更理解了茶经里的‘紫者上’。原来，‘紫光’和‘紫外线’

才是提升叶片品质的关键，怪不得茶圣会把紫色当作好茶标志。这又让我想到‘紫气东来’，紫色一直被我们视为最高贵的颜色，象征尊贵和神圣。记得云南有一种罕见的由紫色叶片制作的茶——‘紫芽’，看来紫芽茶才是符合定义的好茶。哎！我突然明白为什么海拔是重要影响因素了。”

泉慧饶有兴致：“好啊，为什么海拔很重要？”

我劲头十足：“对紫外线我略有了解，试着讲讲。简单说，影响紫外线强度的因素是海拔和纬度。先说纬度，纬度越低则紫外线越强，云南茶区在国内茶区中纬度几乎最低，云南茶滋味更厚重正与此有关。不过我们现在是讨论云南茶，同一茶区纬度区别不大。再说重点——海拔，海拔越高则大气越稀薄，对紫外线的吸收就越少，这意味着海拔越高紫外线越强。从茶树叶片角度看，紫外线是好东西，海拔越高茶叶内含越丰富。海拔每增加 300 米，紫外线强度可提升 8%。据此换算，如果两个茶园海拔相差 2000 米，紫外线强度的差距就出来了，茶叶品质的差异自然显著。阳光是紫外线之源，但叶片能获取多少紫外线却是由海拔来决定，因此海拔应当被视为阳光因素的反映指标。总体上，低纬度高海拔，叶片能获得更高的紫外线照射，从而成为更好的普洱茶原料！”

泉慧笑容满面：“非常好！海拔的影响就是这个情况，关键点你基本讲出来了。我补充一个细节，云南最优秀的茶绝大多数产在海拔 1500—2500 米这个区间，越往上越好。就像你说的，在这个高度生长的茶跟 300—400 米海拔生长的茶品质差距非常明显。不过，阳光这个因素还没讲完，或者说还有一些细节没讲到。”

我一愣：“没讲完，还有什么要展开？想不出来。”

泉慧略显神秘：“稍等再讲。来，我们记一下这款景迈班改的滋味和体感特征，这款茶海拔应该是 1400—1500 米这个区间。茶小二，你再把贺开曼弄老寨的那款泡上，我们对比喝一下。贺开曼弄的海拔高一些，应该在 1700 米附近。这两种茶有两三百米的高度差，等会儿体会一下区别。”

我一边听一边琢磨，试图搞清还有什么关于阳光的因素可以探讨，纠缠了一通也没个结果，只好放弃。

稍后贺开曼弄入喉，一种新的滋味。我们都不出声，慢慢感受苦、涩和转化，同时与景迈班改对比。就苦涩和回甘这两点而言，贺开的确要稍胜一筹。

泉慧闭目感受了一会才接着讲："你刚刚把海拔这个因素讲了，实际上是讲了阳光作用的第一点。但第二点还没展开，光照强度一句话讲不清楚。"

"光照强度有一个适中的概念。光照强度对鲜叶很重要，总体上强度越高越好，但不是没有限度。光合作用里有个光饱和点，光照强度低于饱和点的前提下，光照强度越高越好。但光照强度高过饱和点就不对了，这时要注意叶片会不会被灼伤了。茶树是一种喜欢漫射光且喜阴耐阴的植物，光照强度过大有百害而无一益。光照强度与海拔也有关系，也是一个海拔越高光照越强的情况。但是这里要求的是适中，并不是一味追求高海拔。真正好的情况是在海拔高的同时光照强度适中。"

"换句话说，茶树叶片要想长得好，光照强度既要足又不能太强，这样才叫适中。怎么实现这一点？我的理解是阳光不能总是直射，最好是柔和的漫反射。据我所知，有两种情况可以实现漫反射：一种情况是有效遮荫，也就是在茶树周边种植高大的遮荫树，对茶叶形成保护。古茶园这方面的条件一般都很好，茶树与其他树木共生，不仅遮挡阳光还能增加香气类型。另一种情况是云雾遮掩，云雾形成的阳光漫反射会更加均匀柔和，效果更好。所以，很多知名茶山都有云雾缭绕的气候特点。"

我不由点头："一句老话：高山云雾出好茶！"

泉慧："高山云雾出好茶，这话简单又经典。关于阳光影响的第三点——光照时长，也简单补充一下。光照时长的影响因素也是纬度和海拔，当然天气也会有作用。因为我们是讨论云南茶区，纬度就不多谈了，重点讲一下海拔。海拔对光照时长的影响很好理解，海拔越高日出越早、日落越晚，光照时间就越长！因此高海拔茶树的生长周期普遍较长，不论是从一天的角度看还是从一年的角度看。生长周期长的茶树，采摘频率也比较低的话，茶叶内容物会更丰富。"

"补充一点，这里都是默认茶园在山坡向阳的一面，如果茶园位于背阴的一面，情况就不同了，这个不难理解。另外，海拔还会影响昼夜温差的情况，这也是一个影响品质的因素，不过温差也可以被归类到茶树生态环境里，我们后面再细讲。简单总结一下，阳光是核心，影响阳光效果的则是海拔、云雾和遮阴。”

水分与土壤：地下的能量

景迈班改与贺开曼弄品饮完毕，我们开始回忆并体会两者的滋味差异。说实话，两种茶的确差异不小，但海拔的影响有多大却找不到什么感觉，我要学的东西还是很多！

泉慧拿起2013年冰岛递给了茶小二，我看着“冰岛”二字心花怒放。茶小二问了一个关键问题：“泉慧，光合作用小时候学过，但具体内容都忘了，你再给我复习复习呗？水和土里的东西，是不是也要参与啊？”

泉慧笑了：“茶小二，你问得有道理，好多人确实对光合作用了解不深。要想准确把握茶叶原料的品质，有必要多了解点光合作用的基本原理，那我简单说说。”

“先看看光合作用的核心概念：绿色植物吸收光能，把二氧化碳和水合成有机物，并释放氧气的过程。光合作用的主要参与者有三个，分别是光能、二氧化碳和水。注意，水的概念有点复杂，不仅有水分子，还有水中的矿质营养成分，如氮、磷、钾、钙、镁、铁和锌等元素。理解光合作用最关键的一点是，光能会被储存在这些生成的有机物中。”

“光合作用的意义很大：一方面是将太阳能变为化学能。植物在光合作用过程中把太阳能转变为化学能储存起来，并通过水分输送到植物全身，为生长发育提供能量。叶片中存储的化学能，是我们获取营养和能量的重要来源之一，喝茶就会把这些能量带入身体。另一方面是把无机物变成有机物。植物可以通过光合作用制造有机物，无论含氮物质还是氨基酸，都会累积在叶片中。这些有机物不仅是滋味和香气的来源，也是各种功能的来源。所以，水以及通过水获得的矿质营养，同样是决定鲜叶品质的重要因素。”

听到这里我忍不住插了一句：“今天是中学植物课之后，再一次认真学习光合作用，真正理解了光合作用的伟大！泉慧，我对你接下来要讲的内容充满期待。”

说完这句，我欣然举杯品尝冰岛的第一泡，口感饱满的茶汤顿时充满口腔，随后感受到一丝淡淡苦味，但很快变成回甘！苦弱回甘迅速，冰岛魅力就是独特。

泉慧继续：“接下来讲讲水土对茶叶品质的影响，先说水。水，由茶树根系从土壤中吸收后输送到叶片，之后参与光合作用。水在光合作用中被光能分解，第一个产物就是氧气，我们呼吸的氧气就是这么来的。简单看的话，水只提供了水分子。但仔细琢磨就不一样了，很多茶客对水的理解很深刻——水的活性越好茶叶品质越高。我们可以这么理解，如果一个茶园土层下有活跃泉水，茶叶品质会很好；如果茶园附近有溪流之类的柔和活水，茶叶品质也会不错；另一种情况是茶园附近只有静水，如池塘鱼塘之类，茶叶品质会低一个层次。”

我连连点头：“完全同意，虽然当前科技手段还没发现原因。印象中有一个关于水活性的研究是从分子角度展开的，结论是大分子水活性弱，小分子水活性强，但活性的来源现在还说不太清。按照中医说法，活性与‘气’关系紧密，活性水中一定蕴藏着‘气’一类的特殊能量，把活性水输送到全身会提升生命状态。根系吸水这个环节我理解了，但关于水还有个问题，降水之类的水对茶叶影响大吗?”

泉慧稍加思索：“降水应该是更基础的条件，降水量不能太多也不能太少，要保证地下水能用够用。降水本身对茶树或者茶叶的直接影响有限，主要是通过根系取水来影响茶叶品质，降水不能被视为直接因素。你的这个观察角度很好，的确有其他几种类型的水会影响茶叶品质：第一种好理解，就是雾气中的水可以对叶片起到滋润作用，云雾量大的茶山，茶叶通常会更润泽一些；第二种跟第一种类似，就是茶园附近有大面积江河湖面的话，也会起到一定润泽作用；第三种比较特殊，就是露水，我们一般称为甘露，在温差大的时候叶片上容易出现露珠，这种带露珠的茶叶如果能及时采下，茶叶品质会高一个档次！这个现象还没有科学解释，但很多地方采茶的时候，都有采收露珠鲜叶的习惯。”

我再次点头：“对，下雨是一个很短暂的进程，下完就钻进土里了。

降水不是直接因素，应该算间接背景条件。甘露是我之前没想到的因素，这个很别致。下次去茶山要体验一下带露珠和不带露珠的茶叶，感受一下两者的区别。泉慧兄，该讲土壤了吧，我有些迫不及待。”

泉慧：“关于土壤对茶叶品质的影响，有非常多的研究，远比研究水的课题多。科学认为，土壤对茶叶品质的影响主要是酸碱度（pH 值）和矿质营养成分。酸碱度比较好讲，因为茶树喜酸，所以茶园土壤的 pH 值通常为 4.5—5.5，但凡事都有个度，过酸的土壤又不利于茶树生长。”

“矿质营养成分是影响土壤质量的关键。最基础的氮磷钾必须要保证，品茶时感受到的滋味与香气，都与这三种成分有直接关系。钙、镁等补充成分也非常重要，能提供其他的营养或健康功能。土壤好坏可以这么理解，基础成分是否充分充足，补充成分的种类是否丰富。”

“接下来说些非主流情况——土壤与石头的关系。我喝过一款茶，气息清润，有类似岩茶的岩韵，非常打动我。后来一问才知道，那片茶园里散落着不少大块岩石，这是一种比较罕见的情况。再经过反复比较，我认为茶园土壤若带有岩石，茶叶品质最佳。另一种土壤类型是砂土，研究认为砂土具有较好的透气和透水性，水土协调性好，茶叶品质也比较好。关于土壤因素，我就介绍这么多。”

我点点头：“泉慧，你关于水土的分析，对我非常有启发。你看，今天的讨论中既有现代科学解读——从分子化学层面理解水与土对茶叶的影响；也有传统文化理解——从‘气’的角度去理解茶树生命，不论活性水中还是甘露之中，尤其土壤之中，势必蕴藏天地之‘气’，我猜测这会不会是茶气之源。我认为，对原料进行评价，应当用复合型框架，不仅要有可量化的科学视角，还要有可描述的经验视角。”

树龄与树种：天地之间的交汇

不觉间冰岛老寨到了十泡，茶汤进入巅峰阶段。我们不约而同停止交谈，转而静静品茶，这是一个真正的茶歇：既是短暂休息，又是体验机会。十几泡冰岛老寨下去，口中满是回甘，茶气推动身体放松，十分舒适。这款茶无论口感还是体感都在一流境界，让人获得一种美妙享受，是一种与老班章完全不同的风格。冰岛老寨的海拔与老班章差别不大，差异只能是来自水土和天地之间。

正在我沉思之时，泉慧对茶小二说："冰岛就喝到这里，接下来试试绿大树。"

我登时精神一振，绿大树！名震天下的绿大树！这茶我闻名已久，但从未喝过。绿大树很有意思，原料来自易武茶区，但加工却在勐海茶厂。这款茶的选料非常讲究，被誉为易武茶经典代表之一。

第一泡在热切的目光下入杯，举杯闻香，果然清雅隽永，入口一股柔和之气，苦涩均衡，淡淡回甘。

泉慧："坤土之木，你慢慢品尝。我接着讲，前面讲了天时和地利两个方面，现在要聚焦天地之间，尤其茶树本身了。"

"先讲温度这个因素。茶树生长需要适宜温度，太高太低都不行，太低茶树会受害，太高则停止生长。云南大叶种茶树受不了零度以下，气温低于10摄氏度就会导致新芽生长减缓。茶树能承受的最高温度在35摄氏度左右，气温持续高于30摄氏度，新芽生长会减缓，超过35摄氏度的则会枯萎。一般来说，茶树生长最适宜温度在18—25摄氏度。云南位于海拔落差很大的高原地带，有'十里不同天'的说法，不同海拔气温差别很大。如果茶园所处位置的常年气温属于适宜区间，无疑对茶树十分有利。据我所知，大部分高山茶园的温度都在这个区间，名茶更是这样。温度因素的另一点是昼夜温差。昼夜温差越大，越有利于茶叶内含物质的形成和累积。这跟海拔有关，海拔越高温差越大。因此高海拔茶区出产的茶叶，内容物更丰富，滋味更厚重，茶气更充足。同理，由于春天的昼夜温差更大，所以春茶的品质更高。"

我一边听讲一边品味。绿大树苦涩转化快，回甘深长，茶气柔和却不失力度。这款易武茶汇集了勐海茶和临沧茶的优点，实在不可多得，难怪茶客们都把易武茶看得这么重。

泉慧也喝了一口："这款茶的料确实好，树龄够大，正好接下来要讲树龄因素。原则上树龄越大品质越好，树龄对品质的影响不难理解，不论是科学角度还是文化角度。”

“古树茶之所以品质优良，树龄是直接证明。树龄长意味着茶树生命力旺盛而持续，同时又说明生长环境优越。如果从更深角度看，那就是根系的影响。有个经典说法——树有多高，根有多深。根系深度与树干高度大致相仿，根系广度与树冠广度基本相同，简单说就是根系在土壤中的形态类似于茶树倒影！原始森林中的野生茶树，有的高达数十米，根系发达程度难以想象。即便是人工栽培型古茶树，如果树龄达到三五百年，树干高度也会有5—10米，土壤中的根系会占据一个庞大空间。在庞大根系的帮助下，茶树可以从不同土层汲取矿质营养，不仅种类多，而且数量大。因此，古茶树凭借其突出的根系，可以获得更丰富营养物质，叶片品质自然突出。”

泉慧见我不停举杯，似乎有些艳羡，便暂停讲解开始喝茶。我也不催促，仍旧不紧不慢地品尝。茶小二也不说话，只顾悄然感受。绿大树慢慢进入巅峰时刻，回甘喉韵妙不可言，茶气走到四肢百骸，身体犹如泡在温泉中。不觉间绿大树已近20泡，我打破安静：“泉慧，接下来是不是该边销砖了？”

泉慧点点头：“前面新茶多，该喝泡老茶收收，正好话题也快到尾声了。那我们换茶，尝尝20世纪80年代老生茶。坤土之木，树龄因素这么讲是不是就可以了？”

我点点头：“通透，把根系当成抓手非常好理解。刚刚你讲的时候，我脑补了一下两种茶的根系。古树茶根系的规模相当于一辆房车，而台地茶根系不过一张椅子的大小，差距太大。我还想通了一点，为什么古树茶的寒性会比台地茶弱一些。我们有体验，同一时节同一产地，古树新茶的寒性会比台地茶弱，但说不清原因。今天听你讲根系，我一下明白了。中医认为春天乍暖还寒，天气虽然开始变暖，但地表土层仍然蕴藏寒气，台地茶根短只能在浅层汲取养分，顺带就把寒气带进来了。古树茶根系可下探地下几米乃至十几米，这么深的土层寒气自然就弱了，类似于深山洞或者地下室里的冬天是不冷的。由于古树茶根系大部分在深土层，只有一小部分在浅土层，这样吸收寒气相对有限，所以寒性没那么重。又想到一点，土壤养分未必只有已知的这些成分，可能还有其他未知内容。之所以这么说，是因为不同茶山的茶，会有不同的茶气归经路线，这个情况用矿质成分解释比较难，猜测还有类似‘气’这样的能量未被发现。”

泉慧同意：“坤土之木，你这个补充不错。西医角度真不好解释茶叶寒性，生化分析能发现消炎、抗病毒、降血脂等机制，但对茶性寒温却没有说法。你今天这么一说，貌似能说得通。”

边销砖第一泡入杯，观看汤色，果然是经典的红褐色，俨然已是熟茶。举杯闻香，浑厚之中透有一丝清新，跟熟茶气息区别明显。茶汤感觉也类似，粗感觉是熟茶的温热，但透一丝收敛感，显然是老生茶本色。一款四十年的老生茶，果然与新茶大相径庭。

泉慧继续：“树种也是影响因素，影响虽然没有那么显著，但也不可忽视。根据植物学家的研究，茶树被划分成 32 种、4 变种，其中我国有 30 种、4 变种，具体到云南分布有 22 种、3 变种。不同树种之间的差异，主要体现在矿质营养吸收和光合作用效果上，导致茶叶品质出现差别。云南茶树比较有名的是勐库大叶种、勐海大叶种等，我们简单介绍几个。”

“第一个是勐海大叶种，原产西双版纳勐海县南糯山，是我国 1984 年首次认定的国家级良种。勐海大叶种的植株较高，自然情况下树高可达 2—20 米。茶叶中最重要的成分是茶多酚，勐海大叶种茶叶干物质中茶多酚占比高达 32.8%，所以茶汤收敛性特强，滋味浓烈。”

“第二个是南糯山大叶种，原产西双版纳勐海县南糯山，是公认的‘南糯山茶树王’的后代。茶叶干物质中茶多酚的比重也不低，超过了 30% 达到 31.9%，因此茶汤收敛性也比较强，滋味厚重。”

“第三个是冰岛长叶茶，原产临沧市双江县勐库镇冰岛村。茶叶干物质中茶多酚比重为 35.1%，超过了著名的勐海大叶种，茶汤收敛性更强，滋味浓烈甘甜，是加工普洱茶的优秀品种。”

“再一个是勐库大叶种，原产临沧市双江县勐库镇冰岛公弄村，也是我国 1984 年首次认定的国家级良种。勐库大叶种的植株非常高大，自然情况下树高可达 4—30 米。茶叶干物质中茶多酚占比 33.8%，也属于收敛性特强的品种。其他著名树种还有凤庆大叶种、景谷大白茶、邦东大叶茶、易武大叶茶等，就不多介绍了。”

煮茶

泉慧侃侃而谈，我们静静品茶。几泡后收敛感荡然无存，温和暖意开始从腰腹向全身释放，果然是老茶风味。

待泉慧话音落下，我接过话头："刚刚的茶多酚数据，太牛了！很多人一提到茶叶功效，都是茶多酚如何如何，抗癌什么的，把茶多酚看得特别重。绿茶没有发酵过程，茶多酚基本都保留下来了，所以人们就把绿茶视为茶多酚的代表。但绿茶干物质里茶多酚占比通常在20%—23%，离30%差很远。刚刚那几种茶树的茶多酚普遍在31%—35%，比绿茶含量高50%以上，这个幅度就有点大了。这么看，茶多酚的代表更应当是普洱新生茶！"

"茶叶后发酵是茶多酚被氧化成茶色素的过程，一款茶有没有转化价值或者空间，主要是看茶多酚含量。只有茶多酚含量高的茶，长期转化效果才好，难怪这些名茶越陈越好。"

泉慧："其他条件相同的情况下，茶多酚含量是最重要因素。"

一下午的时间就这样结束了，我抓紧收尾："泉慧，生态环境这个因素，再略解释一下？"

泉慧微笑："简单说几句。讲茶树生态环境，一般是谈气温、土壤、云雾等。但这些已经谈过了，再讲肯定不是这些角度。这里的重点是生态环境的多样性和完备性，也就是茶树周边其他植物种类多不多，重要种类全不全。茶树的生长过程需要周边植物配合，无论从遮阴还是从病虫害防治角度。这里仅举一例，那就是樟树。樟树对普洱茶的作用一直有多种说法，最有意思的观点是普洱茶樟香味的由来：由于樟树与普洱茶树混生，茶树叶片会吸附樟树气息，所以普洱茶会有樟香味。这个观点应该还没有被证实，我们暂且放到一边。但樟树有助于减少茶树病虫害是确定的：首先，樟树气味具有驱虫效果；其次，樟树寄生的蜘蛛会以茶树小绿叶蝉等病虫为食。因此，我们往往会把茶林中是否有樟树混生，看成影响品质的一个因素。”

我连连点头：“有道理，这个非常实在。生态环境的确会影响茶叶原料质量，虽然说不上关键，但很重要。今天下午太棒了，既享受了名茶，又学到了知识，让我信心倍增。”

茶小二：“今天讲的主要是基本经验，但光考虑这些还不够吧？简单说，同一个茶园，不同年份的茶叶品质不一样。你判断原料好坏的时候，是不是还得考虑一下年景？”

我非常赞同：“完全同意，这些年喝茶的感受也是这样，有的年份品质很高，有的平庸一些。那你们判断年景的指标是什么？是雨水情况，还是干脆靠口感？”

茶小二：“从预测的角度上，主要是看雨水情况，看一年的。比方说看明年的茶叶质量，就要从今年四五月份开始观察雨水，是不是保持正常雨量和频次，否则就会影响来年茶叶品质。最后环节肯定还是口感，喝一下到底品质如何，跟预测情况区别大不大。”

我点点头：“跟我想的差不多。评价一款茶，要尽量拿到产地当年的气象数据，对于年代较久或者原料年份无法确定的茶，就只能以口感为准了。”

“另外，还有一个方法可以参考——中医五运六气学说。五运六气学说的本意是疾病预测，但也会涉及气候。五运六气学说是用天干地支的情况推测致病因素在特定年份的状态，从而推测疾病趋势。如果把这个学说用在茶叶品质判断上，需要做一些推演和数据积累。举例说，2022 年按照干支纪年法叫壬寅年，根据天干——壬，可以推出木气壮盛，而地支——寅，同样是木性，所以木气会更强。而我们把茶叶属性定为木，所以 2022

年的茶叶木性十足，出好茶的概率大。反过来，如果是年金气旺盛，木气会受抑制，出好茶的概率就小。当然，五运六气学说从现代科学角度上解释不了，估计很多人会对此表示疑义。”

泉慧：“这个学说我虽然不太懂，但直觉告诉我很值得借鉴。你可以慢慢积累经验，看看这个方法是不是真能用在茶叶品质判断上。如果能总结出一套成功经验，我们选茶就更有预见性了！”

我深表赞同：“好！我试一试。以后普洱茶也要有优质年份和普通年份的概念，好年份自然意味着品质更好。有了这个角度，会让选茶难度变得更低一些。”

制茶工艺半日谈

根据茶多酚氧化程度（发酵）的差异，茶叶被分为六大茶类。而影响发酵程度的则是制茶工艺，同一种鲜叶可以被制成白茶、绿茶、红茶……毋庸置疑，制茶工艺决定了茶叶转化的空间。普洱茶分为生茶和熟茶，自然源于两种工艺风格，制茶工艺对普洱茶品质有着怎样的影响？我们必须搞清这一点，才能进一步理解品质，从而提升选茶能力。

地点：木子理茶舍

人物：坤土之木、泉慧、茶小二

我、泉慧以及茶小二再次相约。

泉慧对普洱生茶的理解已经达到很多专业人士难以企及的地步，讨论生茶工艺是当仁不让的最佳人选。茶小二则在熟茶上浸淫多年，堪称古树熟茶一线专家，是讨论熟茶工艺的不二之选。

照旧在申时相聚，一落座我便发问："泉慧兄，不知今天带了什么好茶？希望有惊喜。"

泉慧微笑："算是有惊喜。首先，我今天什么茶都没带，惊讶不惊讶？其次，茶小二准备了压箱底牛茶——贺开紫芽，喜欢不喜欢？"

我先是一愣，马上反应过来："紫芽？！传说中的芽叶之王？惊喜，果然是惊喜。上次茶会你讲完阳光海拔，我就对紫芽心心念念了，没想到今天就能喝上。"

茶小二嘿嘿一乐："这茶产量太低，一年做不了几饼，只能小范围品尝。今天要讨论的话题特别重要，我就把稀罕的紫芽茶拿出来表达一下心意。还有，紫芽茶的茶气特足，喝这款茶聊天肯定不累！"

生茶工艺：采摘与摊晾

这款紫芽茶还很新，茶小二取出一盏盖碗，接着小心翼翼地拿出令人眼热的茶饼。

我一边看茶小二泡茶，一边问泉慧："今天讨论的顺序照旧是先生后熟吧？"

泉慧："嗯，应当如此，生茶是历史是基础，熟茶是后来才有的。"

我接着问："生茶工艺我大概知道，准确说是对工序还算了解，具体是：采摘、摊晾、杀青、揉捻、干燥和蒸压。今天的重点是，生茶工艺里对茶叶品质影响比较大的工序是哪些？具体是怎么影响的？"

品茶

泉慧："不急，集中精神感受一下这款紫芽。尽管是第一泡，力度已经出来了，感受一下。"

我闻言喝了一口，茶汤饱满度突出，气感十足，这个力度绝对在我喝过的茶里数一数二。体会滋味，首先是淡淡苦涩感，稍作停留就消散了，转化速度相当快。闭目回味之际，第二泡茶汤入杯。第二泡变化很鲜明，苦涩更微弱，回甘出现，香气继续透发，口中出现一种苦涩与甜度的美妙融合。

又过几泡，我忍不住赞叹："茶气真强，仅仅用强劲形容还不够，应该叫气势不凡，五六泡茶气就充盈全身。紫芽，紫气东来，果然王者风范。品茶是一种体验，再怎么去理解和畅想，也不如一杯入口。"

泉慧："你说到点上了。这片古茶林我们都去过，海拔在 1800 米左右，本身是向阳坡地，光照虽强但有高大樟树分散遮阴，光合作用的效果特别好。这片茶林出的其他茶你平时没少喝，也很不错，但跟紫芽比还是要稍逊一筹。"

我趁势引起话题："确实不凡，好茶叶一定是好原料加好工艺的结果，加工不怎么样，多好的原料也是浪费。泉慧兄，我们进入正题吧，讲讲生茶制作工艺里的诀窍。"

泉慧转头看茶小二："这个话题不要只听我一个人讲，茶小二，我先开头，你可以随时补充你的观点。”

茶小二信心满满：“没问题，让我从头到尾地讲，我还真说不太好，但作后备补充没问题。没准还能讲一些你们都没看到的情况。”

泉慧：“先讲第一步：采摘鲜叶。采摘鲜叶听上去简单，其实道道也不少，最主要的一点是时间。时间，可以分两个维度理解：时段与时点。时段也有两层含义，一个是指不同季节，另一个是指同一季节内的不同阶段。季节好理解，那就是春茶、夏茶和秋茶的概念。但古树茶一般只采摘春秋两季，春茶综合品质最高，秋季内容物稍有下降但香气不错。当然，有的地方只有春采，茶叶品质就更好。”

“再说说季节内的时段，尤其春季。春季采摘从清明前开始，可以一直到谷雨，通常采三次：‘春尖’‘春中’和‘春尾’。春尖茶蕴含一个冬天的生长能量，而且雨水较少，鲜叶品质是上上之选。清明节后雨水增多，鲜叶生长速度变快，品质则逐段下降。总体上，鲜叶在不同时段品质不同，最好的一定是春尖时段。”

“时点因素在意的人不多，我们稍微提一提。时点，指采摘鲜叶的具体时间，讲究的地方就是日出前后。上茶山你会发现，大多数茶农是在日出后采摘鲜叶，但这不是最佳时点。”

我若有所思：“印象里江南茶区自古看重时点，日出前所采鲜叶才是精华，但没琢磨过为什么。”

泉慧：“对喽，日出前采茶是自古以来的传统。这是因为日出前的叶片往往有露珠留存，这时茶叫露珠茶。我们前面讲过，好原料要有水气滋润，云雾也好，露珠也好，都有效果。在露珠滋润下采摘，才会有最好的鲜叶。”

我顿时恍然：“对，前面讨论原料时讲了这一点，居然给忘了。时间因素我理解了，要考虑时段与时点两个维度。除了时间因素，还有什么需要关注的点？比方说芽叶选择？”

泉慧点头：“芽叶选择也是个点，不过现在看没有以前那么重要。茶小二，这个你熟悉，你来讲讲？”

茶小二摩拳擦掌：“泉慧说得对，早些年芽叶上的讲究挺多，比方说采茶要分单芽、一芽一叶、一芽两叶等，鲜叶会被分成几个级别，越是芽头越嫩。但现在不太讲究这种分法，因为单纯芽头虽然鲜爽，但耐泡度不好。而且现在人工贵，分级别采成本有点高。现在采摘鲜叶基本是一芽两叶或者一芽三叶，不管几叶，都混在一起下锅杀青。芽叶选择的确不像以前那么重要。”

我的表情丰富起来：“这个情况让我有点小意外。这几年喝唛号茶多，茶菁分3级、4级，甚至8级。我一直以为现在也把茶菁分成不同级别呢，闹了半天已经混为一体了。”

茶小二：“接受不了也得接受，事实就是这样。”

泉慧笑笑：“采摘就说到这儿。接下来的工序，茶小二你接着说吧。”

茶小二：“该到摊晾了。先强调一点，普洱茶加工中没有萎凋这个说法，只有摊晾！为什么叫摊晾而不叫萎凋，倒是有点内涵。制茶本质是让茶叶‘走水’——把水分降低到适当水平，鲜叶含水分高达75%—80%，必须把水走掉才行。摊晾，是降低水分的第一个步骤。摊晾和萎凋看上去很像，但有本质差异。简单说，摊晾一般不超过3个小时，而萎凋是超过3个小时的长时间摊晾。你别小看这一点，效果差别很大。摊晾是物理过程，让水分从叶片和叶梗上散失，大概会减少15%的水分。摊晾后的鲜叶，仍然舒展有光泽，软硬适中有弹性，颜色没什么变化。萎凋不一样，长时间摊晾会让鲜叶失去活性，光泽降低，颜色微红，青草气散失。更重要的是萎凋会让叶片出现化学变化：酶活性增强，促使大分子物质（蛋白质、淀粉等）降解成小分子物质（氨基酸、果胶等），茶多酚也会有一点氧化。”

茶小二喝了一口茶：“重点来了，普洱茶讲究后期转化，所以前期发酵不能太多。摊晾就没什么前期发酵，这为后续转化留了空间，当然早期茶汤会苦涩一些。萎凋就不同了，等于杀青前就开始发酵，虽然茶叶制成香气好一些，但把后期成长空间压缩了。喝茶时要注意，如果新茶就比较香、青涩感不足，那可能经过了萎凋，不算传统工艺了。”

我颇有收获：“知识小丰收啊！萎凋和摊晾，以为是一回事，今天才知道有这么多讲究。难怪听说用萎凋方式做普洱茶会好喝一些，让人以为遇到了好茶，价格也能上去。茶小二，下次给我找点萎凋茶，让我提高一点辨别力。干脆这样，下次去茶山找点小树料，你亲自炒两锅让我们体验一下，哈哈。”

茶小二爽快接招：“没问题。等一起去茶山的时候，找机会让你们体验一下摊晾与萎凋的差异。这步工序就算讲完了哈。”

生茶工艺：杀青与揉捻

我兴奋地搓了搓胖手：“那进入第三步——杀青！泉慧兄，这一步听你来讲解？”

泉慧：“关于普洱茶杀青，你了解多少？你怎么看待杀青的好坏？”

我想了想：“杀青是制茶的最关键步骤，目的是改变鲜叶中氧化酶的状态或者功效。陈椽教授之所以把茶分成不同类别，就是因为氧化酶活性有差异。技术上讲，酶的活性在叶温 40—45 摄氏度时最强，叶温达到 70 摄氏度时酶活性会被抑制，叶温达到 80—85 摄氏度时酶就被杀灭了。因此绿茶、岩茶等用高温杀青的方式灭活氧化酶，让茶多酚停止氧化。普洱茶讲究持续发酵，就用低温杀青方式抑制酶活性而不是杀灭。印象里古树茶都是手工铁锅杀青，对制茶师傅的水平有一定要求，影响杀青的关键是杀青手艺吧？”

泉慧：“可以啊，技术指标搞得很清楚。你刚才讲得很对，一是普洱茶杀青一定是低温杀青，否则就没有后续转化；二是杀青质量取决于制茶师傅的手艺。”

茶小二插话：“不同师傅杀青的区别很大。我在山上做茶这么多年，看过很多人炒茶，同一片茶树料都能炒出不同质量，水平高的炒出来就好。”

我追问：“在茶山我也看过炒茶，感觉动作手法没什么明显区别，怎么质量会有这么大区别？”

泉慧罕见一乐：“动作手法确实不多，就那几样：抖、闷、抛洒和翻转。这几个动作手法不难学，不也有人看一会就敢上场炒一锅。难在怎么判断何时用什么手法最合适！什么时候‘抖’，什么时候‘闷’，这才是关键。普洱茶杀青的标准是‘杀匀杀透’，这里面有非常多的‘knowhow（技术决窍）’。再补充一点，给古树料杀青，原则上应该用木材烧火。但木柴和液化气、电不一样，火力不稳定且不均匀，要把一锅茶炒好就更讲究了：何时添柴？何时降温？下锅出锅的火候怎么判断？都有功夫在里面。”

我接过话头：“我插一句，古树茶杀青应该都是手工杀青吧？机器杀青现在多吗？”

茶小二：“机杀现在多，主要是台地茶。台地茶采摘量大，手杀根本杀不过来，肯定得机杀。机杀也有优点，比方说杀青均匀、速度快、量大，而且效果比较一致，每一锅都差不多。手杀就不好说了，不同的人功夫不一样，同样的料未必有同样效果，也挺麻烦。”

我无奈了：“机器杀青虽然符合标准化要求，但用来做古树茶总感觉有点可惜。不同年份、不同时节、不同地点的鲜叶质量千差万别，要做出好茶来，杀青手法一定要因料制宜。但是就是难点所在，就像做菜，即便有菜谱在手，原料一样，不同厨师的味道也不一样。这就是经验和功夫的意义，现在炒菜机器人很流行，但没人觉得机器人能替代大厨。”

泉慧点头：“这个比喻到位，手工杀青就是在锅里炒茶，跟大厨炒菜有共同之处。杀青的意义有两个：第一点是你刚刚讲的抑制氧化酶，要恰到好处，不能太轻也不能太重，太轻口感不佳，太重转化空间不够。第二点仍然是走水——摊晾后的二次走水。杀青走水的效果更好更快，水分在翻炒过程中持续蒸发，鲜叶含水量会下降到60%左右。这时鲜叶会变柔软，就好揉捻了。揉捻的重要性不在杀青之下，某种意义上还可能更高。”

茶小二：“手工杀青对经验的要求比较高，经验不足火候就把握不住，茶就可惜了。古树料都贵得厉害，杀坏一锅都可惜。坤土之木，我给你补充一个情况。前面讲摊晾，说有人为了提高香气把摊晾弄成萎凋。这种做法还会出现在杀青环节，就是高温杀青，叶温往80度方向走。这样会提高鲜叶氧化水平，增加香气物质，也就是让新茶的香气变好，但后续转化比较差。”

我惊讶了：“啊！还有这种情况？看来人们对普洱茶的了解太有限，在根据绿茶或者岩茶的情况判断普洱茶，以为香气高就好，不知道这样的是次品。”

茶小二："是啊。普洱茶热闹归热闹，但了解普洱茶的人并不多。绝大多数人还是用香气、口感这些指标来判断品质，对普洱茶的苦涩转化、回甘生津、温热体感这些没概念，甚至喝到纯正普洱茶反而觉得不好。那些做茶的可能是为打开销路才想出这种歪点子，这种情况挺让人不爽，但咱们也管不了啊。"

我表示理解："这是信息不对称。大部分消费者不懂，给商家提供了可乘之机。解决这种问题只有两个方法：一是普及知识，让消费者对普洱茶形成正确认知，这样商家就不能乱来，不过这个方法不知哪天才能见效；二是专业评价，由专业评价体系对茶进行评价，消费者不用懂茶也能知道茶的好坏。我们讨论评价体系的时候光想着怎么给茶打分，其实还可以发现制作工艺上的问题，帮助消费者把关。看来普洱茶评价体系的价值，比之前想得还要大。"

泉慧："有道理，让大家很快都弄懂肯定不现实，但提供一个评价就容易多了。当然，容易也是相对的，要对茶叶品质和工艺优劣做出准确判断，必须要有丰富的品茶经验和精细的品鉴感觉，水平不到位意义也不大。这个评价体系不管从哪方面讲都很有意义，先不求完备，可以慢慢完善。"

我点点头："对，先拟个草案让各路专家批评，然后吸收意见慢慢雕琢，没准能搞出个不错的东西。杀青工序是不是讨论差不多了，接下来聊揉捻?"

泉慧："杀青说到这里可以了，接下来说揉捻。什么是揉捻，就是通过揉和捻两个动作，将杀青后的叶片揉卷成条索。揉捻首先会缩小茶叶体积，但这不是关键。揉捻的关键点是对叶片破壁——促使细胞裂开，让细胞汁液流出并黏附在条索上。茶叶干燥后，汁液会变成可溶性物质凝结在叶片表面。泡茶时，茶叶条索表面的可溶性物质就会溶于水中，茶汤滋味就来了。"

我一拍大腿："明白了！我一直以为揉捻就是改变叶片形状，省得太占地方。原来破壁才是关键，这解释了一个困惑——为什么有的茶几秒钟出汤就能有明显口感。我嘀咕过不止一次，怎么几秒钟就能把内容物从叶片中提出来，讲不通啊。"

泉慧："这就是细节里的大秘密。这也能用来检验品质，如果揉捻程度差不多，前几泡表现更突出就说明茶叶内质更丰富。"

我乐了："对，我正在想是否能用这个方法判断茶叶品质，你就说到了。看来，出汤速度很重要！我记得有几款茶要求秒出汤，不然茶汤一定很苦涩。以前就知道出汤快的茶叶往往耐泡，完全不知这个道理。"

泉慧撇撇嘴："小样儿，这么点知识就让你幸福了。你别急，揉捻的内容还没讲完。揉捻跟杀青类似，也有个操作原则：'老叶热揉、嫩叶冷揉、老叶重揉、嫩叶轻揉'。这个原则也很难迅速掌握，老、嫩、重、轻都是形容词，跟菜谱里写'少许'一样，看着简单，上手困难。揉捻这道工序同样讲究经验和功夫，什么样的料算是老，多大力度才算重，都没有简单的量化方法，只能根据经验因'料'制宜。"

我点点头："完全理解，尤其是你说的菜谱问题。中式菜谱中的'少许'，已经被看成东西方文化差异的代表了。可仔细想想，到底是在菜谱中标注'少许'更有意义，还是标注'5 克'更稳妥？还真未必，'少许'意味着厨师要不断尝试不断摸索，逐渐形成经验。具体量化指标真可靠吗，我看也未必，菜品质量和状态不同，统一标准反而可能做不出精品菜肴。长期来看，我觉得前期模糊指引，后期摸索经验，在制茶上更重要。"

茶小二："那个'少许'确实有意思。少许嘛，就是说少来点，但多少才算少呢，又没个准数。只能一遍遍试，慢慢找感觉，感觉找到了，菜也就做好了。就像小时候学自行车，只能说个大概操作，我们都是在摸索中找感觉，慢慢就会骑车了。至于这个感觉是什么，真就说不清楚。回到茶上，有些老师傅炒得好也揉得好，有些虽然干了很长时间但水平一般，光有经验也不行，还有些别的东西在里面。"

泉慧："这个叫功夫，不能简单叫经验，不是有经验就能出功夫。现代工艺的确可以做具体规定，比方说一次下多少料，揉多少分钟，每次揉几下，捻几下。但不管你怎么量化，再怎么标准化，都不能保证每次揉出来的是统一效果。标准化只能在一定程度上使用，太细腻的地方不行，至少目前搞不定。有人说揉捻时间短不好，但多少才好？25 分钟还是 30 分钟？这也不是一个准数，还是要靠经验，手感出来才行。好料得交给好师傅，包括杀青，都是一个道理：要有功夫。"

我点头：“评级体系的设计思想更坚定了，可量化的科学标准和可描述的经验标准一定要结合使用。”

泉慧：“同意！茶品评价，肯定要有客观标准做支撑，这毋庸置疑。在没有彻底搞清生化原理的情况下，就要尊重经验的价值。科学标准与经验标准，二者不可或缺。”

茶小二：“大道理我说不来，就知道一点，如果都用指标控制的话，那做出来的茶是一个味道才对。如果把茶多酚、茶氨酸指标都一样的茶选出来，会做出味道一样的茶吗？肯定不会，影响茶叶味道的东西多了去了，很多还没检测出来。如果不用经验，说不清茶好茶坏。”

我点点头：“是的。揉捻就到这里，我们进入下一环节？该到干燥了，如果没记错，就是因为这道工序，普洱茶也会被称为‘晒青’。”

生茶工艺：干燥与蒸压

在强劲茶气的推动下，我们非但没有疲倦，反而神采奕奕。话题暂告段落，我们不约而同进入茶歇，静心体会茶气入体带来的舒张感。

少顷，泉慧打破沉寂：“的确有人把普洱生茶叫作‘晒青’，因为干燥方式是阳光晒干，而不是烘干。这是我特别喜欢普洱茶的一个原因，晒干才有那种阳光的气息、阳光的感觉，特别舒服。”

“干燥也是一个走水的概念，技术上干茶含水量应当降到10%左右。10%含水既能保证茶叶酶的活性，又能防止微生物生长过快，可以说是恰到好处。干燥的方式有晒干、阴干和烘干等，以晒干品质最高，这是阳光的价值。具体到古树茶，干燥方式只有晒干和阴干两种情况，以晒干为首选。如果碰到天阴下雨，就只好把茶叶放在室内阴干。晴天阴天茶农说了不算，所以一直流传‘好茶要看天’的说法。”

“如果是晴天，茶叶只需要在太阳下晒个大半天就能达到理想程度。晒干的茶，走水干脆利落，比较干爽，泡出来的茶汤通透感好。如果是阴干的，茶叶泡出来有一种沉闷之感，尤其前几泡。以后你好好体验一下，肯定能发现这种差别。”

茶小二：“现在干燥方法上有些变化，很多茶农家里搭建了玻璃晒房。茶农们也知道晒干好，还快。但云南天气变化太快，经常是一会儿雨一会儿晴。这种天气很尴尬，说下雨吧也不是一直下，说晴天又不对，但茶晒不了，只能阴干。不是好多人说普洱茶有烟火味吗，那很可能是阴干时被烟火气沾染了。现在茶农在院子里、屋顶上搭建玻璃晒房，下雨可以被玻璃挡住，天晴时阳光就透过玻璃晒到茶上，两头不耽误。”

泉慧有些无奈：“这是个不大不小的尴尬。从爱茶人角度讲，茶叶以最传统最接近自然的方式制作出来才好。前面专门讲过紫外线对茶叶的重要性，干燥过程中紫外线仍然作用很大，虽然持续时间不长。茶小二说的那个玻璃晒房会把大部分紫外线挡住，导致晒干有点阴干的意思，不是标准的自然晒干。”

我撇了撇嘴：“在山上怎么就没往这上面想呢？在山上参观晒房的时候，我光感慨茶农条件不错，非常现代化。”

泉慧颇有感触：“条件是变好了，味道却不一定更好，有点矛盾。说到这儿，我们回头捋一捋，其实从采摘鲜叶开始，几乎在每个工序都能看到对传统工艺的微调。采摘鲜叶环节，要求放松了；摊晾环节，有人在萎凋；杀青环节，高温杀青变多了；揉捻环节，揉捻不充分；干燥环节，传统晒干可遇而不可求。如果要找一个共性，那就是所有的改变都是为了改善口感和提高效率，品质被放到了第二位。迎合口感香气的做法虽然在商业效果上可能好一些，但对普洱茶的损害却是隐蔽而长期的，可能会让普洱茶失去那些不可替代的价值。坤土之木，你研究普洱茶评价体系的想法要好好做，要让大家知道什么是好茶，到底该怎么理解一款好茶。”

我郑重点头：“赞同！当然，我首先会理解为这是一种鞭策。今天下午，从茶小二讲解摊晾与萎凋的区别开始，我就对制作工艺产生了疑虑，没想到居然每道工序都可能有微调。把这些微调汇总在一起，真不敢说这茶是不是理念中的普洱茶。是不是应当多想一步，为什么会有这种情况？”

“在听你们二位感慨的时候，我把思绪抛向了问题的背景，并有了点心得。之所以出现这些问题，我认为直接原因是经营压力，间接原因是消费意愿不足。直接原因好理解，卖茶不容易，为了卖茶只好走迎合消费者的路子。这个好不好解决呢，说不好解决，是不知道什么时候消费者真懂茶，没准要等到猴年马月；说好解决，一旦消费者懂行了，谁都愿意去好好做茶，因为坑蒙拐骗没有市场。消费者不懂茶与经营者改工艺的情况，很像一个鸡生蛋、蛋生鸡的无解循环。”

“但问题并非无解，关键在大势是否配合，说直白点就是消费意愿会不会有实质性改观。仔细想想，虽然茶友周边人群对普洱茶热爱有加，但大多数人对喝茶并不上心，还是可有可无的状态。多数人对茶的理解不深，往往只闻其名，不知其意。这种状态下，人们为什么要买茶？估计不是因为懂茶和爱茶，而是因为这么几个理由：一是部分人的生活惯性，尤其在产茶地区；二是社交需求，礼尚往来的理想选项；三是风雅需求，以此彰显文化品质。关键点是喝茶还不是主动需求，更多是受外在因素驱动。”

“我觉得转机正在来临！按照消费升级的一般理解，在地产、汽车等实物消费没有完成之前，人们不会特别关注健康、休闲、文化等服务消费。换言之，一旦实物消费接近完成，人们必然会把消费重心转向服务消费，健康消费必然首当其冲。国人实物消费正在步入顶峰区域，此消彼长，实物消费不再高速增长意味着服务消费即将登上舞台！这就是健康消费越来越受重视的大背景。健康消费有很多细分概念，比方主动健康、被动健康等，主动健康显然更有助于提高生活品质。据此，我相信茶消费一定会越来越受重视，而作用更突出的普洱茶无疑将是主力。在这个趋势下，要想迎合懂茶爱茶的消费者，就必须回归传统回归本源：迎合消费与回归传统会是又一个鸡生蛋、蛋生鸡。”

茶小二不置可否：“听着有道理，但眼前还看不到，我总觉得这是很遥远的事情。会不会人们虽然喜欢茶，但喜欢的是新工艺，结果还是把经典给丢了？”

我点点头：“这是个好问题。但我保持乐观，至少谨慎乐观。我们喜欢普洱茶的核心是三点：一是突出的体感和口感，二是经典的转化，三是显著的功效。新工艺的‘优点’是改善口感，但减弱了体感和转化空间，对功效也有所限制。这就像葡萄酒的旧世界工艺和新世界工艺之争，为了改善早期口感不佳的问题，人们创造了开瓶即饮的新世界工艺。随着时间的推移，人们渐渐发现最好的葡萄酒还是要用旧工艺，后来新世界酒庄也用旧工艺酿高端酒。我坚信传统工艺普洱茶一定会更加受追捧!”

“补充一点，茶知识能不能普及要看大家的关注点在哪里。如果关注点不在茶上，那么无论茶多么有价值多么重要，大家都不会真正去了解茶，更谈不上喜爱。一旦茶在人们心中开始有点地位了，你会发现只需要几天工夫就能把基础知识搞个七七八八。”

泉慧有些意动：“有道理。说起茶来，往复杂方向的确复杂，讲茶道没有几年工夫都入不了门，像你学了十来年，还自谦‘伪专家’；但简单起来也简单，基础知识就那么三招两式，花几天甚至几个钟头就能了解个大概，然后再多尝几款，大体知道自己的喜好也就够了，绝大多数人只需要了解这么多。”

茶小二：“我有点明白了，你的意思是人们还没把茶太当回事儿，没上心琢磨。只要人们觉得茶重要，就会花点工夫学茶，也就知道怎么回事了。这么说也有点道理，我跟有些茶客交流的时候，是觉得他们对茶不那么在意，差不多意思就行。”

我笑笑：“这几年我做了些草根调研，当前状态虽然还不够好，但充满希望。该把话题拉回来了，干燥工序之后就要收尾了吧?”

茶小二：“收尾工序是蒸压成型。讲蒸压之前，补充一个非主流工序——发汗。茶叶晒干后会有一种类似青草的青味，这还是因为水分稍多的缘故，直接压饼就有点急了。以前大家不过于强调速度，会把晒好的茶叶放几个月发发汗，直到青味散去才压饼。”

我若有所思：“发汗，这个词有意思。我一直以为晒干后就可以压饼了，原来还有发汗一说。感觉挺有意义，水分大则发酵速度偏快，等水分进一步释放后压饼肯定有助于后期。”

茶小二：“我接着说。蒸压环节目前没什么变化，还是三个形状为主——沱、饼和砖。以前叫‘一沱二饼三砖’，但这是按照芽头老嫩来划分的，嫩芽嫩叶才会去压沱茶。如果考虑口感复杂、体感强弱和后期转化这些因素，老嫩适中的饼茶可能最好。”

我点点头：“虽说沱茶、砖茶现在也有，但肯定不是主力，最常见的绝对是饼茶。你到茶店一看，饼茶可能占80%以上，当然重量上有差异：

357克是主流，200克越来越多，也有少量的100克和500克茶饼。我想起一个问题，为什么以前压饼一定是357克？”

茶小二：“这个问题好回答。网上好多人解释过，都把357这个数字讲得很高大上。其实没这么高深，就是为实现标准化的一个技术要求。古时候，为便于交易和征税，官方专门规定了茶饼的包装要求——每桶7片合5斤重，所以每个茶饼平分就是357克。这就是一个标准茶饼重357克的由来。新中国成立后沿袭了这一做法，规定一提茶的重量 = 7片 × 357克 ≈ 2.5公斤；一件茶的重量 = 12提 × 2.499公斤 = 29.988公斤 ≈ 30公斤。”

“接下来说说蒸压过程。根据定好的重量，把精筛过的茶叶称取放入小蒸桶，用蒸汽蒸上10来秒钟，茶叶条索就软了。紧接着把蒸软的茶叶倒入布袋，迅速快速揉成一个饼窝，再把布袋打结放入石磨中压制定型。压制也有讲究，一种是松压，压饼力量稍微小一些，这样条索比较完整，接触空气多，转化速度快，但也容易耗散香气和内容物；另一种是紧压，用较大力量压制，紧压有利于长期保持香气和内容物，但苦涩消退慢，条索不完整。现在都是用机器调整力度，需要松压就调成石模力度，需要紧压就加大力量，不过多数是调成一个成年人体重的力度，松紧适中。”

“压制时间不长，也就一会儿吧，接下来就是干燥。解开装饼的外套棉布，把茶饼放置在木架上干燥。传统干燥方式有两种：一种是自然阴干；另一种是先正反面晒两小时再阴干一天。干燥好的茶饼包上棉纸再扎上笋壳，就算完工了！”

我感慨一句：“不容易，讲生茶工艺居然花了这么长时间！但很值得。我自诩对生茶加工已经相当了解，没想到有那么多出乎意料的细节，尤其那些所谓的‘改进’。时间不早了，我们抓紧时间往下进行？该到茶小二最引以为豪的熟茶渥堆了，哈哈。”

熟茶工艺：渥堆与发酵

茶小二欣欣然：“熟茶加工的核心是渥堆，具体工序还可以细分。熟茶是在生茶毛料的基础上继续加工。工序如下：湿水、翻堆、出堆、解块、干燥、分级和蒸压。我们从第一步湿水开始讲!”

我赶紧打断：“稍等! 正式开讲之前，我们是不是先说一下熟茶工艺的来源? 很多人把熟茶当成黑茶看，但听说两者工艺有很大不同。如果普洱熟茶的工艺不能算黑茶的话，到底应该算是一种什么工艺?”

泉慧诧异了：“这个话题还要再讨论吗? 你对这一点有研究啊，你在上一本书里讲了吧?”

我摇摇头：“上次是讨论过一点，是从广东老茶与人工发酵的角度讨论的。但很多人觉得普洱熟茶跟黑茶很像，甚至把普洱熟茶归到黑茶。但听说黑茶工艺跟熟茶其实很不一样，所以想借今天的机会把熟茶与黑茶的联系与区别一并搞搞清楚。”

泉慧：“这个讲讲也有意义，可以对熟茶形成更加清晰的理解。加工工艺上，茶小二绝对是专家，这个问题得由他来回答。”

茶小二不好意思了：“你们两位别取笑我了，我哪算得上专家? 只能说我是在一线干过活的人，有点实际操作经验。我也总被人问熟茶是不是黑茶，跟黑茶什么关系，反倒没人问广东老茶跟熟茶有没有关系。因为总回答这些问题，我倒积累了点经验，那就先说说熟茶跟黑茶的联系与区别。”

“人们把熟茶归为黑茶的原因有两个：首先颜色相近，六大茶类正好是六种颜色，这下就让人记住了。很多人用颜色对茶归类，熟茶是黑的，人们就容易把熟茶当成黑茶。其次都算重发酵茶，虽然具体工艺上有差异，但无论熟茶还是黑茶都是重度发酵茶，都能长期转化，确实相似，因此不少专业人士也认为熟茶应当被归为黑茶。”

我乐了：“听你这么一说，我倒觉得熟茶归成黑茶没什么问题。坚持熟茶不归黑茶的应该都是熟茶人士吧，比方说你。六大茶类的关键是类，不是说六种，国内茶叶估计有几百个品种，具体品种肯定都有特色，但不影响归在一个大类里，比方说烘青和炒青都是绿茶，烘干红茶和晒干红茶都是红茶。在我看来，只要发酵方式和程度基本一致，就可以归在一个大类里。”

茶小二挠了挠头：“你这么说好像也有点道理，算了，不说这么复杂的事情了。我还是说说熟茶工艺和黑茶工艺的区别吧，这方面我才专业。”

“黑茶加工的工序：采摘、杀青、初揉、渥堆、复揉、烘焙、蒸压、干燥。熟茶是在生茶基础上再加工，两段连在一起的工序是：采摘、摊晾、杀青、揉捻、干燥、渥堆、蒸压、干燥。对比一下，两者最直接的区别是黑茶有两次揉捻，而熟茶只有一次。但关键区别是下面的两点。”

“第一点是发酵不同。黑茶是比较纯粹的后发酵，而熟茶是后发酵为主但也有前发酵。前发酵和后发酵这里讲一下，前和后的分界点是茶叶制成的那个时刻，是不是不好懂？细讲一下，如果发酵在茶叶制成之前结束，这种是前发酵茶，最典型的是岩茶和红茶。前发酵是在制作过程中发酵，制成后就不再发酵（插一句，晒红会继续）。后发酵的意思是，茶叶制成之后仍然会发酵。黑茶是高温杀青，一开始就把活性酶灭掉了，制作过程基本不发酵，有点类似绿茶。但制成之后，黑茶反而开始发酵，后发酵。不过黑茶发酵不是靠活性酶（已经被高温干掉了），而是靠酵母菌等微生物，是一种外源发酵。再看熟茶，前面讲过熟茶的加工基础是生茶，而生茶的活性酶一直在工作，制茶过程有活性酶推动的发酵，这就是前发酵。但熟茶制成后会双源后发酵：既有活性酶推动的内源性发酵，也有黑曲霉菌推动的外源性发酵。因此，熟茶是一种既有后发酵又有前发酵的特殊品种。”

“第二点是渥堆不同。黑茶渥堆简单说是低温高湿，发酵堆的温度在30℃—45℃，茶叶含水量在60%—65%。而普洱熟茶渥堆算高温低湿，发酵堆的温度在40℃—65℃，茶叶含水量在28%—30%。除了温湿度上的差异，渥堆时间上的差异也很大，黑茶渥堆一般不超过48小时，通常24小时以内。而普洱熟茶的发酵时间很长，一般不短于50天，有的甚至高达70天。”

我忍不住表达惊奇：“这发酵时间的差异太大了吧，一个就是一两天，一个却是一两个月啊。不都是渥堆发酵吗？怎么时间差异这么大！”

茶小二：“我的理解是树种差异。黑茶基本是灌木小叶种，而熟茶是大叶种，哪怕是台地茶也是大叶种。有人分析过，大叶种茶的内含物质比较多，要实现同等程度的发酵，就需要更长时间。”

我接过话头：“明白了。茶小二，加工上你是专业，难怪你觉得熟茶不属于黑茶。加工上黑茶跟熟茶的差异真不小，把他们归在同一类你们确实会觉得不妥。不过，考虑全国有那么多茶叶品种，只能委屈大家分在六个大类里面，熟茶归黑茶的说法也勉强说得通。”

“行了，关于熟茶与黑茶的联系与区别，聊到这里就清楚了，我原则上同意熟茶被归为黑茶。这个问题我们不争论了，接下来讲重点。请介绍一下熟茶加工的流程，关键是把可能影响品质的细节讲到，方便日后对熟茶质量进行评价。”

茶小二点点头：“好，我尽量讲清楚一点。第一步叫湿水，简单说就是往晒干毛茶上面淋水。”

我赶紧发问：“那把生茶堆起来这一点，有什么讲究没有？”

茶小二：“对，还得把堆堆子这个细节考虑上。堆堆子有两个要点，一是堆子大小，二是离不离地。先说这个堆子大小，堆子看上去可大可小，小的可能就是一吨茶左右，而大的可以用到几十吨茶。堆子大小怎么安排有讲究，一定要跟厂房大小和翻堆效率挂钩。”

“堆子大小与厂房大小的关系好理解，发酵需要比较高的温度，如果厂房很大堆子太小温度就不容易提上去。为此，堆子大小一定要跟厂房空间适应，不能太空。有时候为把场地用足，我们还会在一个房间里发好几个堆，就是为了保证提温。翻堆效率是另一点，虽然提温才能发酵，但温度过高又不行，堆温太高会烧堆。强调一下，一烧堆就是毁一片，损失太大，这是很多厂家不愿用古树料做熟茶的关键原因。为防止堆温过高，就要在发酵过程中及时翻堆。人工翻堆的话，堆就不能太大，否则还没等翻完堆，剩下部分的温度已经过了。如果是机器翻堆，翻堆速度上就没什么风险。”

我点点头：“把茶堆在一起肯定不能随便，本来还想问问厂房场地有没有讲究，你这下全讲到了。一堆茶放在一起挺壮观，还挺值钱。我们按一个堆子 3 吨茶算，那就是 3000 公斤，如果 1 公斤毛茶的价格是 500 元，那一个堆子岂不值 150 万元？哇塞，那要是烧了，损失确实大。这么看，不用古树料尤其春料做熟茶很符合商业逻辑。”

泉慧：“以前大家只是感慨‘好熟茶不容易喝到’，现在都快到‘熟茶无好货’的地步了，真是尴尬。有谁真的错了吗，好像又没有。在商言商，商家当然要考虑经营风险，但太强调风险又变成彻底回避风险——不用好料！本来应该让大家享受到的好茶愣是少见，铺天盖地都是被人诟病的那些。”

我忍不住表态：“劣币驱逐良币！这个急不来，还是那句话，必须等消费者出现实质性需求升级——从注重价格转向注重品质，才能解决这个难题。”

片刻沉寂后，我再次出声：“在从无到有的阶段，质量好坏不是关键，人们关心的只是能不能‘有’。一旦解决了‘有’，消费就要升级，大路货会被冷落，品质才是硬道理。我们已经进入消费升级阶段，相信用不了从多久茶行业就会进入集约阶段。”

“泉慧兄，我知道你深爱普洱茶。作为资深金融人士，你有没有想过做一次野蛮人——茶界野蛮人？虽然金融与茶联在一起老是让人想到炒作，但这不应该是金融与茶的唯一链接。金融野蛮人，可以帮助这个行业打破传统桎梏，构建全新行业生态。泉慧兄，你觉得这个建议怎么样？”

泉慧沉吟了一会：“你这个建议很有挑战性。哪一个爱茶人不希望茶行业早点规范？但真要进入这个行业，我们这些习惯虚拟经济的家伙未必有优势。尤其这样一个农产品加工业，受自然条件影响多，复杂程度比一般制造业还高，这活儿不好干。”

我嘿嘿一乐：“那倒也是。真要做这件事情，还得仰仗实体产业的‘大拿’。哎，我们茶友群里不也有实体大牛嘛？哪天问问他们的想法。我记得生姜还是谁，在茶山上就念叨过，要找个机会做好茶。”

茶小二来劲了：“那敢情好，你们要是能掺和到茶行业来，肯定是好事。我们这些小茶商要么资金实力不足，要么经营理念传统，慢慢走出来还不知道要多久。”

我打趣：“你真是这么想吗？你不怕大机构进场把市场格局打破？把你们生意都给抢了？行了，题外话就说到这。继续往下，干毛茶准备好了，该湿水了。对了，在说湿水前，要不要先说说水？淋到茶叶上的水有什么讲究？”

茶小二眉头一扬：“说到点子上了，水还真有点故事。最开始我们就想用好水，必须是山泉水。我们在茶园附近海拔 1900 米左右的地方反复找，发现了一堆泉眼，一一尝过之后选了几个泉眼备用。虽然喝起来感觉差不多，但茶叶发酵之后的情况可不好说。稳妥起见，我们用不同泉眼的水各发了一次，果然效果不一样，有一个效果特别好，后来就成了唯一指定用水。”

“湿水这个环节跟堆堆子是同步的，并不是先把堆子堆好才往上淋水。如果先堆后加水，水不容易浇均匀。记住了，加水和堆堆子是同步进行。等冲洗后的地面晾干，工人就开始搬运干毛茶准备堆堆子。干茶都是用大袋子装的。堆堆子是这样：一个工人拿着袋子向外倒茶，另一个工人拿着花洒向茶上喷水，然后旁边人把茶叶聚拢在一起。水量不用很大，基本是叶片有些潮湿的程度。这样一边加水一边堆，等一个长条茶堆堆起来，湿水就完成了。”

我点点头：“原先以为是先把干毛茶堆起来，然后一边洒水一边翻堆。茶堆堆好以后，就进入发酵阶段了，后面是什么情况？发酵时间是固定的还是大致时间？”

茶小二：“茶堆堆好后，为帮助茶堆升温会盖上一层纯棉布，这才算正式开始发酵。先说发酵时间，一般渥堆发酵需要50—70天，具体要根据茶叶、天气、效果等情况综合来定。只要发酵程度达到标准就要停止发酵，所以发酵时间不固定，只能是一个大约时间，比方说我们的古树头春发酵时间一般在60天左右。”

我问了个重点话题：“该到翻堆环节了，这个我特别好奇。60天时间要翻几次堆，或者说多长时间一次。”

茶小二不好意思地挠了挠头：“我也不知道该怎么说要几次，或者多长时间一次。”

我诧异了：“什么情况？茶小二，你做了这么多年熟茶，怎么会连这个说不清，就算你没有做过统计，但大概数字肯定有吧？总不能是凭感觉做茶，没什么技术标准？”

茶小二反倒乐了：“哎，你又说对了，还真就是凭感觉做茶，所以我才说不清数据。”

我也乐了：“看把你牛的，你自己说不清还好意思笑，认真点，这是在讨论严肃话题。啊，我明白了，你说凭感觉肯定不是无厘头感觉，是用手找感觉的意思?”

茶小二:“对啊，就是这个意思，用手感觉温度，根据起温情况决定要不要翻堆。发酵前期温度上升慢，可能一个星期都不用管。但温度起来后，就要经常检查温度，可能几天就要翻一次堆，越近收尾越频繁。总体上，发酵全程可能会翻堆10次左右，不固定。”

“有个细节值得讲一下，做熟茶有点像酿酒。熟茶渥堆是内外结合的发酵，内部发酵是酶促反应，外部发酵靠微生物。就是这个微生物因素让熟茶渥堆看上去很像窖池酿酒。窖池对酿酒的重要性不用多讲吧，酒厂老窖池都是特别重要的宝贝。我们做熟茶也发现了类似情况，不同厂房发酵效果不一样，厂房年头越多效果越好，跟酿酒特别像。”

我若有所思:“很好的概念!道理也好理解，既然是微生物发酵，那么更适合微生物的环境就更适合发酵。老厂房微生物累积肯定比新厂房好，发酵效果也就更好。看来，判断熟茶质量还应考虑这个因素。”

茶小二加重语气:“那可不!不同厂房做出来的茶，味道不一样，区别很明显。现在我们做熟茶就是锚定那个老厂房，质量好且稳定。我一直认为，生茶的决定性因素不是加工，但熟茶工艺就太重要了。”

“到了发酵后期，除了要从温度、颜色、香气等角度对茶进行观测，我们还会试喝，尤其快结束时每天都要尝，口感体感才是最后的依据。等综合判断已经发酵到位，就可以停止发酵了。”

“发酵流程结束后就简单了，先对茶叶进行分筛，再根据叶片定级。特别嫩的是宫廷和特级，这些可以拿去做小沱茶，标准的三、五级拿去压饼。蒸压和干燥的情况跟生茶差不多，再给茶打上包装，加工就完成了!”

拼配工艺:过去与未来

听茶小二说出“完成”两个字，我举杯向他致意:“刚刚这一番讨论，收获满满，实在是爽。”

泉慧微笑:“论熟茶加工，茶小二肯定是行家里手。今天介绍得不错，尤其是用窖池打比方那一点，非常有吸引力。坤土之木，工艺方面还要什么话题要讨论？”

我：“有！还有一个非常关键的，那就是拼配。自从2009年开始流行纯料以后，拼配就不多见了。我问过一些人，他们听到‘纯料’和‘拼配’，都认为纯料比较高大上。”

“我虽然很喜欢纯料茶，但对拼配茶也兴致勃勃。你看看，不管是闻名遐迩的7542、7532、8582，还是比较低调的8541、7262、8592，喝起来多舒服。我对到底是纯料茶还是拼配茶更好，判断不清。关于拼配工艺的话题，我也想一并请教两位。”

泉慧沉吟了一会，不仅不回答反倒抛出一个问题：“这个问题关注得有水平。在讨论之前，你能先说说对拼配的理解吗？”

我欣然回答：“可以。拼配，顾名思义是把不同茶料拼在一起做茶。拼配有多种方式，比较重要的有：一是山头拼配，把不同茶山的原料拼在一起，不同的料占据的比例不同，据说这种拼配难度比较大，对经验和水平的要求特别高；二是等级拼配，这是最常见的拼配方法，比方说在做饼茶的时候，占比50%—70%的基础料是一种级别、茶底是另一种级别、饼面又是一种级别；三是季节拼配，云南茶可以采摘两季或者三季，不同季节的茶风格不同，可以把春茶、夏茶和秋茶按照某种方式进行混料；四是年份拼配，天时对茶叶的影响很大，不同年份的茶会有差异，可以利用不同年份的原料进行组合；五是茶与非茶拼配，就是用普洱茶和不是普洱茶的其他植物进行组合，目的是形成更加复杂的口感和功能，如菊普、小青柑等。这些是我比较推崇的，还有一些拼配方法不太有感觉，比如生熟混拼、发酵度混拼、古树台地混拼。”

“我认为前四种——尤其前两种——拼配比较重要，后面的不太关注。印象中拼配是长期主流，纯料茶的历史非常短，但现在很惹人眼球。我想搞清楚的是，拼配茶与纯料茶相比，到底谁的生命力更强？”

泉慧接过话头：“这是非常值得探讨的问题，也是很多老茶客关心的话题。论传统，拼配是绝对核心。现在我们喝老茶和中期茶，基本是拼配茶，毕竟纯料概念是最近十几年才出现的，严格意义上还是新茶。另外，纯料茶也让人心动，不光感觉好，味道方面也有优势，因为很纯粹！”

“我突然想到可以增加一个讨论角度。你以前对葡萄酒下过不少工夫，似乎葡萄酒也有拼配和纯料的现象。我想先听听你对葡萄酒这个问题的理解，然后我们再讨论普洱茶的情况，怎么样？”

我眼睛一亮：“好主意。葡萄酒的确有类似概念，叫混酿与单酿。混酿就是多种葡萄共同酿酒，但不同酒庄的葡萄品种和比例有差异。单酿简单，就是用单一葡萄酿酒，非常纯粹。要说谁更好，还真没有准确答案。名闻天下的波尔多葡萄酒，基本是混酿，常见葡萄酒品种是赤霞珠、梅洛、品丽珠等。另外，威名远扬的勃艮第葡萄酒，基本是单酿，葡萄品种是著名的黑皮诺。对爱好者来说，你能说波尔多葡萄酒和勃艮第葡萄酒一定谁更好吗？”

“具体一点，混酿葡萄酒的酒体更饱满，层次更丰富，香气口感更复杂。之所以会这样，因为不同葡萄存在差别，混酿能取长补短，形成互补效果。但做到这一点并不容易，不同品种按什么比例组合非常讲究，组合好了是平衡和协调，组合不好就说不清了。”

“再讲单酿葡萄酒。首先，能单酿的葡萄一定是质地卓越的品种，既要有突出优点，还不能有明显缺点。相比混酿，单酿酒的酒体不那么圆润，层次稍有减少，香气口感略显单一。这听上去像缺点，但其实也是优点所在，酒体能展现纯净风格，口感与层次感更加清晰。单酿可以让品酒者感受纯粹的美好体验，更关键的是体验优质葡萄的卓越质地。”

“两种葡萄酒都可以提供良好体验，混酿与单酿不可偏废。混酿体现酿酒技艺，单酿突出葡萄质地。”

泉慧满脸笑意：“跟我设想的差不多！普洱茶的拼配与纯料，看起来跟葡萄酒的混酿与单酿有异曲同工之妙。你看，拼配是把不同茶山、不同等级的茶混合在一起。这种混合制茶可以起到取长补短的效果，能增加茶叶的香气、口感、层次和变化，让品茶人获得更加多样的体验。跟混酿葡萄酒一样，如果拼配水平不好，解决不了平衡与协调的问题，那也做不成好茶。”

“纯料的特点跟单酿相似。纯料现在一般讲的都是山头古树茶，也都是品质突出的好原料，不论阳光海拔还是土壤水分，都是一等一。纯料一般在香气、口感和体感上有突出优点，同时没有明显缺点，才能立得住。因此用纯料做茶，就能把一款茶的特征展现出来，茶气走向清晰。”

我乐了：“嘿嘿，泉慧兄。听你这说的这一套，貌似是把我的话重复了一遍，听上去十分不解渴啊。难道没什么补充吗？”

泉慧：“我也没说错，的确就是这么回事儿。非要扩展一下，那就是纯料茶的转化情况尚有待观察。纯料茶出现的历史很短，充其量不过十几年，中期纯料茶都还没有，长期转化情况还不好判断。拼配茶在这方面就没什么可担心的，我是说那些著名配方，都经过几十年的检验，好坏已经形成公论。拼配方式多种多样，但未必都有好效果，著名配方都是长期检验的结果。”

“总体我还是对拼配更感兴趣一些，可能跟人生阅历有关。人生是个复杂的综合体，有起伏有变化，更有人生感悟的长期转化。茶如人生，显然拼配茶能更好地印照人生百味。纯料茶的优点在于干脆利落，特点鲜明，也有一定的人生参照性，可以代表人生某一领域或者方面。”

我点头：“泉慧兄，你这个讲法我也熟悉，葡萄酒界也有类似名词——杯酒人生。阅历丰富的人更喜欢复杂的旧世界酒，年轻人更喜欢简单直接的新世界酒。普洱茶与葡萄酒，作为东西方的两颗明珠，共鸣之处真不少。”

“再说个特殊的，拼配如果能借鉴中医理念，可能会有更大作用。前面提到我对年份和山头拼配特别感兴趣，为什么？因为这两种方法，可以借鉴古中医理念进行优化，从而强化茶气和药性。不同山头的茶，茶气走向不同，也就是说有不同的靶向效果。”

“很多人觉得中医治病玄乎，是因为不知道中药有效成分是什么，怎么就知道它的药性？这一点用西医逻辑讲不通，但用中医逻辑讲起来很顺。中医认为人是个有机整体，依靠气血循环保持健康。病是什么？气血运行出问题导致脏腑功能不正常，这就是病。治病就要反其道而行之，针对问题脏腑靶向性促进气血循环，推动废物垃圾排出体外，病就好了。为什么中医自古认为茶是良药？因为茶有茶气药性，可以促进人体气血运行。”

“茶友群里有几位中医，这几年我经常跟他们讨论茶气走势和强弱。

现在已得出一些结论，比方说有的茶入肝经特别显著，而有的入脾经很明显，还有一款茶居然直入带脉。茶气归经是解决靶向问题，接下来是力度问题。力度就是茶气强弱，要找茶气强的才好。影响茶气强弱的因素主要是山头和树龄，但年份也有影响。”

“靶向和力度都能确认的话，我们就可以考虑把古树茶设计成一种精细化功能饮料——取其茶气进行组合。手机用多了，眼睛不舒服，可以用茶气入肝经和膀胱经的原料进行组合；股票下跌导致心情不佳，可以用入心经或者心包经的原料进行组合。不同原料拼配以后，茶气还可能增强，那款‘五行茶’就有茶气增强味道增厚的效果。依此类推，我们可以充分进行配方设计，没准功效不错。”

“经过这些年对古树茶的观察、体验和思考，我初步形成了对古树茶功能的理解——解渴、好喝、有点用。既然功效只是有点用，就不能把茶叶功能说得太牛，但可以想办法增强。我理解的最佳增强办法就是拼配——山头和年份综合运用。”

泉慧眼睛亮了：“解渴、好喝、有点用，这几个词不错！这里面解渴是基本功能，好喝是关键因素，有点用是补充效果，是个不错的总结，朗朗上口。你关于拼配的说法，我双手赞成。纯料茶值得喝，拼配茶同样值得喝！两者不可偏废，缺一不可。”

“再呼应一下你强调的拼配方法：山头和年份拼配。常见的拼配是把不同等级的原料组合在一起，当然也有不同茶山原料综合运用的情况。这种拼配工艺追求的核心点是口感滋味，追求的是好喝。如果把‘有点用’考虑进来，这种拼配似乎力有未逮。看起来这是拼配工艺的一个缺项，值得探索。”

我灵光一闪：“中医里提到茶，基本都是指绿茶，说到功能就是提神醒脑、解毒包括解中药等。我想说的是，即便是中医，可能大多数也未必对普洱茶很了解。如果我们把拼配工艺按照中医理论开发出来的话，可能是个创举！”

泉慧：“这有可能。我的喝茶经历中，虽说对茶气的讨论不少，但还没有从中医角度考虑拼配的。拼配到这里算是讲了个大概，可以收尾了，普洱茶工艺话题就算告一段落。可以准备下一个话题了。”

我："今天获得感满满！不仅完善了对制茶工艺的认知，而且知道了很多影响品质的小秘密，这对选出靠谱好茶来说太有意义了。接下来该到陈放了，这个环节众说纷纭，也是一个值得好好梳理的话题，下一次茶会讨论！"

长期转化看陈放

无论老生茶，还是老熟茶，只要前面多个“老”字，无不身价倍增。尤其是已有数十乃至上百年茶龄的顶级老茶，但凡有存世，莫不荣登各大拍场。号级茶如同庆号、同兴号，印级茶如红印、蓝印，七子饼唛号茶如7542、8582，这些经过长期转化的老茶，才是普洱茶的真正代表！这一切都要归功茶与时间的组合——陈放！唯有了解陈放的机制与效果，方可判断茶叶品质的长期状态。

地点：木子理茶舍

人物：坤土之木、泉慧、川普、茶小二

关于制茶工艺的讨论让我兴奋了许久，因为看到了评价体系的曙光。我按捺不住进入状态的兴奋，趁热打铁再次与大家相约，一同探讨陈放的秘密。这次，我特别约请了近年在陈放理解上开挂的川普！

两道生茶：经历与味道

甫一落座，川普便掏出两个茶袋，略显神秘地说："为了跟话题呼应，我选了两道茶，先不剧透是什么茶。两道都是中期茶——红汤普洱，生产年份也一样，但喝起来不太一样。相信这两道茶对理解陈放会有帮助。"

我兴奋了："太好了。我也带了一道茶，但也算两道，因为是在不同地方存的，差异比较明显。"

川普饶有兴趣："你讲的不同地方是什么意思？是干仓和湿仓的区别？还是不同城市的区别？"

我："这个茶没有湿仓概念，也不是专业茶仓，就是同一款茶在华北和华东地区放两年后的差异。前几个月没觉得有什么不同，但一年多以后口感出现明显差异，切实体会到湿度环境的力量。"

说话间我把茶递给茶小二，又补充一句："是款熟茶，算是老熟茶了，年份大约是2000—2003年。当年不流行存老茶，所以入库时间没有准确记录，只能是这个区间。我把这款茶跟2002无量山作过比较，这个年份应该准确，而且大概率是2000年的茶，因为丝滑醇厚感比2002无量山还要好一点。不过茶菁只能说是大树老树混采，比不上纯古树料。川普兄，你带的是生茶还是熟茶？如果是生的，就先喝你的。"

川普笑了："看来得先喝我的，20世纪90年代勐海料，妥妥的中期茶。这两款茶虽然都有20多年历史，但是陈放区别很大。我们先喝一道。"

茶小二见状拿出盖碗，一边摆弄水壶一边说："既然是比较，还是用盖碗吧，反映味道会更准一点。川普兄，先喝哪一泡?"川普打量了一下茶袋，拿起其中一个递了过去。

茶小二将茶投进碗中闷了一会，然后将盖碗递给了泉慧。泉慧看了看又闻了闻，转手将盖碗递给我。我接过一看，果然是大年份中期茶的模样，颜色暗沉，有点老茶的意思。闻到一种淡淡香气，是一种略显收敛的香气，透着一丝樟香。再仔细一闻，没有什么杂味和异味，是标准的干仓风格。我发表了一句评价："香气好，有年头，非常好的干仓存储。"

泉慧点头认同。川普也闻了闻，然后把盖碗交还茶小二："不错，这款茶一直干仓存放，不容易遇到。"

第一泡茶入公道杯，汤色是标准的红褐色，这个色泽深度的确是红汤普洱。茶小二分汤入杯，我们各自取过一杯或闻或尝。我深吸一口气，入鼻是淡淡茶香，同时感受到一股沉稳气息，这就是时间的价值与魅力。一边感受气息，一边小口品尝，茶汤微苦，涩味基本没有，透着一种平和与醇厚。果然是转化二十余年的状态，不再是青葱少年的盛气凌人。

不觉已近十泡，茶汤色泽明亮起来，入口汤质饱满，口感顺滑，回甘清晰，茶气驱动身体出现暖意。我们不由交口称赞，果然名茶风范。见茶小二还要继续往下泡，川普拿起另一包茶递了过去，示意换茶。

茶小二有些舍不得："这茶正在好时候，不喝了嘛？有点可惜啊。嗯，也对，后面还有好几道茶，得加快点进度。"

川普笑笑："茶小二，你再拿一个盖碗，这道茶先留着。等后面这道茶也喝到十泡的时候，我们返回去再品，两道茶比较一下。"

跟茶小二说完，川普转过头对我说："刚刚算喝了一道茶，是不是该开始讨论了。陈放是与原料、工艺并称的普洱茶三大基础要素之一，不过我还没有看过对陈放的全面分析。如果我们今天讨论得好，形成有分量的总结，或许会为你的评价体系添上浓重一笔。坤土之木，你提议今天聊这个话题，肯定有所准备，你先说说?"

我欣然同意："好。正如川普兄所说，今天的主题是陈放。这个话题争议很多，众说纷纭，讨论起来肯定不轻松。约这次茶会之前，我认真考虑了几位大拿的水平和经验，今天应当是个很好的讨论组合。泉慧对港澳茶仓以及广东茶仓的情况非常熟悉，当然对云南的几个茶仓也非常了解；川普则对北京、太原等北方茶仓与广州、东莞等南方茶仓都比较熟悉；茶小二更不用说，云南和北京拥有自主产权茶仓，都到了开展茶仓副业的段位。还有一点，大家都有20年甚至更长的品茶经历，对茶叶长期转化的理解非常直观。”

“作为一款可以长期转化的茶类，陈放对普洱茶实在太重要。普洱茶转化需要氧气，不可密封保存；普洱茶转化需要温度，但温度过高或过低也不行；普洱茶转化需要湿度，过高过低的湿度也不行。因此，普洱茶仓必须满足透气、避光、温湿度适宜且稳定这几个基本要素。听上去不难，但考虑到普洱茶可能在几十年里被反复交易，茶仓多变对转化的影响不小；又或者，同一批茶被不同地方的人买走，几十年后这些茶同样会出现巨大差异。凡此种种，陈放就成了一个超级复杂话题。”

“这些年跟各位前辈喝了不少茶，但总体以新茶为主，要么是勐海生茶，要么是景东熟茶，而且统统是干仓类型。手里真正够得上年头的只有1998—2007年的中期茶，老茶几乎没有。”

“不过我在新茶上多少还是累积了点经验，算起来有十几年的持续追踪。补充一下，最近几年手里多了几款中期茶，如7542、7532和8582。不过我认真感受这些茶的时间只有两三年，只能说略有心得。一句话，我对新茶转化的体验相对多一些，但中老期茶的经验实在匮乏。”

耳中传来茶小二的声音：“先停一下，第二道茶要出汤了，你们都看看，好像跟前一道茶区别不小。”我们转头看向茶小二手里的公道杯，映入眼帘的是一杯近乎深红的茶汤，转化程度明显高于前面那道。分过茶汤，我们兴致勃勃地举杯闻香，一股清晰陈香透了出来，再一闻，似乎有一丝异味。我对这个异味有点好奇，就加倍认真地闻，但又不怎么闻得到。这弄得我没主意了，看来刚刚可能是个错觉，茶汤没有异味。

川普看我在那里反复地闻，不由笑了：“别光闻呐，你得用嘴尝，我等着听你发表感受和判断呢。”

还在琢磨中的我赶紧抿了一口，茶汤入口同时闭上了眼睛。闭眼尝味是我学习葡萄酒时养成的习惯，在没有视觉干扰的时候，味觉和嗅觉的敏锐度会增强，特别适合品鉴茶汤的细微特征。茶汤果然与上一道不同，是一种温煦的感觉，显然经过了更长时间的转化。再一品，茶汤也浓厚一些，接近老生茶了，算是有一丝熟茶的感觉。当我脑海里涌现出熟茶这个词的时候，忽然又一次模糊地感觉到茶汤中的那丝异味，一种近似渥堆的感觉。

这丝异味显然与闻香时觉察到的味道异曲同工，看着川普略带神秘笑容的模样，我犹豫着说："这款茶的年头大多了，无论从汤色还是陈香上看，尤其茶汤温煦感明显。茶气牛，虽然是第一泡，但茶气已经在后背走开了，比前一道茶强。不过我有个疑惑，茶汤整体上很清爽，应该是干仓存储，但隐约能闻到一丝丝湿仓味，有点奇怪。"

话音刚落，旁边传来轻轻掌声，原来是川普在鼓掌。我心中一喜，看来湿仓感有戏："川普兄，哪一点让你兴奋了？"

川普："首先要肯定你的水平提高了很多，敏锐度确实好。这道茶是有一点湿仓感，但非常微弱，一般人喝不出，都认为是干仓茶。其次一点，这道茶与前一道茶是同一款茶！同一年份同一批次的同一款茶。"

川普这番话让我瞪大了眼睛，见多识广的泉慧也是精神一振，然后若有所悟地微微颔首。茶小二心直口快："这有点夸张了，你说这两道茶是同一款？"

川普看着我们震惊的样子，显然大为受用："怎么样？这下超预期了吧，哈哈！今天我是认真做了准备的，专门找出这两道茶，第一道是正常干仓存储，第二道是先在广东自然仓放了近十年，再拿到北方又放了十来年。广东自然仓的温湿度比北方仓大多了，当然比湿仓好一些。第二道茶尽管后面十几年放在北方，但有过广东自然仓的陈放历史，茶汤带一点湿仓感，我相信再过几年就喝不出来了。我真正想让你们体会的是，前期的广东自然仓经历，对一款茶的影响大吧？"

我频频点头："川普兄，你这么说解释了我的疑惑，差别太大了！刚刚喝的时候就觉得哪里奇怪，又说不清楚，还以为是错觉。同一款茶，不同的存放历史居然能形成这么大的差异，这是第一次遇到。川普兄，你今天的这两道茶，充分诠释了陈放对普洱茶转化的重大影响，如果对陈让没有深入理解，很难把握茶的长期走势。我们进入技术讨论环节吧？都有些迫不及待了。"

茶仓分类：湿仓与干仓

一直没吭声的泉慧这才开腔："今天这两道茶值得认真品鉴，进过广东自然仓的这一道，感觉比纯干仓多转化了不少年头，已经是老茶风格。如果是湿仓转化度会更高，当然湿仓味也更足。这给茶龄判断增加了点难度，尤其在判断老茶的时候。"

听了泉慧的话我一愣："的确。我们都在讲中期茶和老茶，原则上年份越大的茶越好，也越珍贵。时间价值是人们收藏普洱茶的根本原因，更是投资上的关键，如果这个方面可以作伪就不好办了。我再次想到了普洱茶银行，考虑陈放因素，不仅要考虑转化效果，还要考虑可靠性。"

川普："完全同意，不仅要注意陈放地点、陈放年份对转化效果的影响，还得注意陈放过程是不是稳妥。如果真有人刻意利用陈放空间提高茶龄，对市场会有影响。一饼老茶出现在市场上，如果陈放经历说不清楚谁敢要？这么看，陈放环节比一般人理解得还重要。"

茶小二："听你们这么一说，我觉得我水平还可以啊，应该算有眼光吧。我那个智慧茶仓，一个人搞了这么些年，现在看很有意义。你们几位大哥可有不少茶是存在那个茶仓的，应该算第一批受益者。你们存的茶不仅转化效果好，而且安全可靠可追溯，日后拿去拍卖都没问题。"

一番话说得我们哈哈直乐，我表示赞赏："茶小二，你这个茶仓确实值得一夸。如果没有你这个茶仓，我们买茶的决心和力度都不会这么大。为什么不敢多买茶，不就是因为北方天气干燥，茶叶转化效果不太行嘛。既然说到这里，我就抛砖引玉开始讨论吧。茶小二，先从你这开始。清朝名中医赵学敏在他的《本草纲目拾遗》中讲普洱茶'性温味香'，我对这个说法很好奇：普洱新茶应该是寒凉的啊，那时候没有熟茶工艺，茶到北京怎么就变温性了？总不能说的是陈年老茶吧？"

茶小二仰头开始琢磨，我不催促，举起第二泡茶品尝。这一泡感觉更好，汤感醇厚，回甘出现，关键是那股若有若无的异味不见了。我忍不住

暗自琢磨，如果不是有相当经验的茶客，的确会把这款茶当成干仓茶，喝茶大不易。

正在我琢磨茶汤滋味之际，茶小二的声音来了："这个问题不知道能不能说清楚，我试一下。据我所知，现在的普洱茶加工工艺，不管生茶还是熟茶，跟以前的都不太一样。"

我赶紧打断："你这个以前指的是什么时候？1973 年以前？新中国成立以前？还是民国以前？"

茶小二挠了挠头："说不太准，但清末民初那个时候肯定是老工艺，清朝时期我认为应该也是老工艺。老工艺很有意思，既不是现在的生茶方法也不算熟茶方法，应该算是一种结合。大致情况是，茶叶从鲜叶采摘到晾晒这一段基本一样，也就是茶叶初制阶段差不多。但初制以后的差别很大：初制后要洒水弄潮，然后发酵一夜，有的甚至会发酵两次；之后才对毛茶进行紧压，一般是压制到竹筐里，一边装一边压，一层一层；紧压完成的茶就可以往外运了，如果路上走上几个月或者大半年，这个茶会有明显发酵效果，所以这种茶也叫红汤茶。如果按照当年老工艺的情况，你那个问题就好理解了，不就是一种接近熟茶的温和感嘛！"

我甚是惊讶："茶小二，这番话相当有冲击力。我看过不止一种说法，茶叶在进贡路上被雨水淋湿后出现发酵效果。严格来说，我一直对这个说法有所保留，总觉得不那么靠谱。如果是雨淋这种偶然事件，那就不可能有规律可言，降雨时间、地点和雨量不可能年年相似，那怎么保证品质年年相近？还有，如果真是雨淋的，一场连下几天的大雨岂不把茶叶淋透了，这么大的水分还不把茶沤坏了？仅凭这些疑点，路上淋湿的说法就不怎么靠得住。据我了解，茶叶进贡过程中很注意防水，那些珍贵的芽茶通常是装在锡罐中，运输途中不存在被淋湿的可能。"

茶小二听完笑着说："那些故事我也不太信，别的不说，运输路上不防潮防雨肯定说不通，尤其是贡茶，要是弄坏了还了得。我做了这么多年熟茶太清楚了，湿度过大茶叶会发霉，整个堆子都受影响。我们发酵时盯得非常紧，温湿度稍有偏差就要赶紧翻堆调整，绝对不能疏忽。"

听到温湿度，我顺势接了下去："这个问题算是了解了个大概，应该是当时的工艺带有发酵工序，所以进贡到京的茶从寒性变成了温性。接着往下，说陈放重要，是因为不同温湿度对茶叶转化速度有不同影响，因此不同地点有不同味道。茶小二，比较规范的保存环境是什么样的？”

茶小二：“保存环境的确有行业规范，虽然没有专门针对普洱茶的要求，但有针对黑茶和紧压茶的标准，我们可以参考使用。保存环境的核心是温湿度指标，黑茶紧压茶的标准要求温度不超过 25 度，湿度不超过 70 度。你比较各茶类情况会发现，绿茶和红茶保存的湿度要求是不超过 50 度，明显要低一块，因为后发酵茶需要较高湿度才能保证持续发酵。市面上经常有普洱茶存放湿度不能超过 70 度的说法，应该就是从这里来的。”

“但从实际经验看，可能由于普洱茶是大叶种茶，保存环境对温湿度的限制要宽松一些。比方说温度，其他茶类不建议超过 25 度，但普洱茶在 20—30 度都可以陈放，甚至温度高转化效果还好一些；再说湿度，普洱茶在 60—80 度的区间都可以保存，相对高一些的湿度也更有利于转化。一定要记住，普洱茶跟其他茶类不同，保存环境的温湿度要求都要偏高一些。换句话说，如果温湿度长期偏低（尤其湿度偏低），普洱茶就不能保持正常转化，长期效果会大打折扣，尤其前 5 年。”

我对“5 年”这个词非常在意：“等会儿，5 年？这个数字听得不多，很多人都说 7 年或者 8 年是第一个转换期，没听过 5 年这个说法。这个说法哪里来的？”

茶小二习惯性搔了搔头，不好意思加一点局促的模样回答：“没人跟我说过，就是经验。我每年会把茶仓里的茶喝一遍，头春古树茶 2013 年定型以后，更是每年都要把不同年份的茶尝一下。然后我发现茶都是前 5 年转化速度快，一到第 6 年就慢下来了，不知道为什么。当然，7 年以后转化速度会更慢。”

泉慧发声：“这个问题好理解，要用中医概念。坤土之木，你记不记得牙医来北京那次，我们喝了两泡 2013 年春熟，火气上的区别很明显。”

我马上回忆起那个场景：“有印象，那天收尾是一款老茶，前面喝的是 2013 年春熟。我想想，当时谈到了一个火的问题，对吧。”

泉慧：“对了，就是这个问题，是个中医概念。当时我的印象也很深刻，放在普洱市的茶温和适口，火气基本退了。我发现熟茶的火气要 5 年左右才能消退，换句话说，5 年以上茶龄的熟茶，喝了不怎么上火。5 年，是茶性转化的一个关键时间段，这里特指陈放在普洱市的茶仓，放在别的地方未必。”

我明白了：“不论生茶还是熟茶，制作过程都会有火气，的确需要退火。在火气消退之前，火气所带的热性会促进发酵，所以茶叶在这个阶段的转化速度比较快。”

我转头向川普：“川普兄，如果想让茶叶转化快，应该一生产出来就运到广东自然仓，然后等个 7、8 年，反正至少等上 5 年，再拿出去效果就明显了。刚刚那两道茶的区别太大，让人多付钱都觉得值，我对湿度价值的理解又深了一层。茶小二，这个湿仓到底有多湿？技术上有界定吗？”

茶小二有点懵：“我没研究过，实际操作中大家认为湿度范围应该保持在 60—80 度这个区间，湿仓的湿度肯定比这个高。不过，具体湿度高多少我就不知道了，没经验说不清楚。”

川普见状接过话头：“这个我来补充吧，干仓湿仓这个说法一两句话真说不清楚，我分几个层次讲一下。首先，普洱茶仓必要要有一定湿度，湿度不能低。主流区间就是刚才茶小二说的那个 60—80 度，在这个基础上，人们把湿度高于 80 度的茶仓叫作湿仓，广东自然仓平均湿度就超过 80 度，湿仓概念应该就是从这里流传开的。”

“其次，湿仓并不意味着不好，不要一听湿仓就敏感。湿度是促进普洱茶转化的要素或者前提，实际上只要不是长期严重偏高，正规湿仓是可以接受的。很多人甚至对正规湿仓的茶有偏爱，因为茶叶在湿仓中会加速转化同时品质不离谱，甚至汤感变得更好。”

“再次，湿仓的湿度是有上限的，不能太湿。有观点认为正规湿仓应当把湿度控制在 85 度上下，如果湿度长期大于 85 度甚至达到 90 度的话，茶可能出现霉变，那就不是加速转化的概念了。当然，这种刻意高温高湿的湿仓不是我们推崇的，就不过多评价了。”

“最后，干仓并不是越干越好，这是一个很容易让人糊涂的地方。所谓干仓只是相对湿仓而言的概念，如果跟其他茶类的储存要求比，干仓可一点都不干。前面讲湿度是普洱茶转化的基础，太干燥不行，湿度低于 60

度转化速度会变慢。我国北方大部分地区偏干燥，比方说北京、太原等地的湿度低于60度，转化速度就不会快。我认为，这种湿度低于60度的茶仓，应该也要区分开才好，比方说叫超干仓？”

“总的来说，我们讲干仓和湿仓，都应当在茶叶品质可接受的前提下讨论，既不能过湿也不能过干。无论干仓还是湿仓，都只是合理范围内的相对概念，不要绝对化。现在技术发达，自然条件导致的温湿度偏差可以进行人工干预，不管是太干燥的北方还是太湿润的南方，都可以用机器设备来调节茶仓的温湿度，让普洱茶处于适宜的环境中。”

我听得频频点头：“痛快！实在是痛快，我对干湿仓的概念总算是搞清关键点了。川普兄刚刚说得太好了，湿也好，干也好，都是相对概念。如果单纯只论干湿，不讨论人工干预，那对不同地域茶仓的理解可能还是不太准确。不同城市气候不同，也就会有湿度差异，而人工干预既能增加湿度，也能降低湿度。不过这么一来，我又觉得干仓、湿仓的概念有点复杂，应当做一点区分才对。是不是应该在干湿这个分类基础上，再加一个自然或者人工的概念比较好：自然干仓、自然湿仓、人工干仓和人工湿仓。”

茶小二眨了眨眼：“听上去很专业的感觉，不过平时没太听到有人分这么细，这得问问二位大拿的意见。”

技术流的川普先表达意见：“这个分法有道理，把仓储条件表达得更准确，这样理解转化状态更清晰。我平常听到人说广东自然仓，总是要再想一下湿度的问题，跟湿仓比较一下，才能理解是什么概念。现在广东人工干预仓发展很快，温度和湿度都能得到调节，如果不考虑其他因素，这种人工干预仓的效果跟自然干仓相差不大。”

泉慧跟着表态：“坤土之木这个四分法是个不错的主意，就像川普刚刚说的，重点不是创造概念，而是让事物变得更清晰。在传统干湿概念上，加一个人工和自然的区分，对理解茶仓功能很有价值，尤其对要陈放数十年的普洱茶来说。”

大拿们对我的设想表达了肯定，我相当舒畅：“哈哈，创意居然得到大佬们的认可，这种感觉不错。我们接下来讨论陈放对普洱茶影响的内在机理？”

微观茶仓：氧化与时间

两泡茶渐渐淡去，但不同陈放方式带来的差异让我们印象深刻。这强化了我一直以来的一个想法，搞清茶叶物质在陈放过程中发生变化的内在机理。今天的讨论在我们看似闲庭信步的交流中，不断走向话题的关键——发酵的时间价值。

展开新话题之前，我先问茶小二："茶小二，我的那两泡茶可以泡了，先泡标记了'超干'的那个。"

茶小二找出了那泡茶，转身把盖碗放到一旁，取出一把紫砂壶放到茶台上，准备启动今天的熟茶之旅。

我向川普抛出一个问题："川普兄，作为茶群里最知名的技术男，能不能给仔细讲讲普洱茶转化的内在机理？在此基础上才好进一步探讨陈放的时间价值。"

川普欣然应允："没问题，那就尽我所知，把这个问题做一个简洁说明。普洱茶分生熟，但生茶才是基础，我们先从生茶入手。"

"普洱茶转化，实质是陈放过程中持续的后发酵。茶叶内含成分主要是茶多酚、氨基酸、咖啡碱和叶绿素等。科学上把这些成分叫做还原性物质，很容易在温度、湿度、光线和氧气等因素影响下，出现氧化、降解等化学反应。正是这些反应导致茶叶的物质构成和含量出现变化，进而出现口感、香气和体感上的转化。"

看川普有打住的意思，我马上打气："川普兄别停，继续讲。你对技术细节肯定很了解，今天给我们讲通透点，把茶多酚、茶氨酸这些物质的转化机理，一块儿给讲了吧。"

川普微笑："就猜你会这么说，行，恭敬不如从命，我再往下讲一层，不过这些东西听起来枯燥得很，听着没意思别怪我。"

"先说茶叶核心物质——茶多酚的变化。茶多酚是一个大类，包含茶叶中所有的多酚类物质，如黄烷醇、花色苷、黄酮和酚酸等。强调一点，茶多酚里最主要的是被称为儿茶素的黄烷醇类物质，能占茶多酚的60%—80%。”

“生茶陈放过程中，茶多酚会发生一种氧化聚合反应，最终成果是大名鼎鼎的茶色素——茶黄素、茶红素与茶褐素。当茶色素开始替代茶多酚地位的时候，生茶就会出现肉眼可见的变化，无论汤色、香气、滋味还是功效。茶多酚转化成茶色素的过程十分缓慢，需要很长时间才会有显著进步，总体情况是：期限越长，茶色素含量越多；温度越高，转化速度越快。”

“接下来说茶氨酸。茶氨酸在茶叶中的含量，比茶多酚的含量低很多，一般在2%—5%。茶氨酸最主要功能是提高茶汤鲜爽感，是一种滋味物质。不过在陈放过程中，茶氨酸的表现不如茶多酚，氨基酸既不会保留下来也不会转化成其他物质，只是不断分解消失。所以陈放对茶氨酸没什么好处，期限越长含量越低，而且温度越高消失越快。”

“再说茶多糖。茶多糖是一种复合多糖，是茶汤甜度的直接来源，越是粗老的叶片，茶多糖含量越高，茶梗上的含量更高，正好与茶氨酸的情况相反。在陈放过程中，不溶性茶多糖会不断转化成可溶性糖，比如著名的果胶。因此，陈放时间越长的茶，茶汤的回甘和甜度越好。”

“再说个复杂的——芳香类物质。芳香物质决定茶叶的香气类型和品质，芳香物质在品饮中的意义非常大。芳香物质在陈放过程中的变化情况比较复杂，有的芳香物质会越来越多，有的会越来越少。陈香、药香等气味来源于持续累积的那些芳香物质。”

“还有个简单的——可溶性蛋白质。这个理解起来比较容易，那就是普洱茶也能补充蛋白质，当然是植物蛋白！在陈放过程中，茶叶的可溶性蛋白质含量会持续增加，也会提升了普洱茶的保健功效。”

我正听得津津有味，突然想到一个问题：“咖啡碱呢？”

川普嘿嘿一乐：“问得好！正要说到奇怪的咖啡碱，这个家伙在湿仓和干仓的变化不一样。有人做过专门研究，在干仓存储，咖啡碱含量呈减少态势；在湿仓存储，咖啡碱却呈增加态势。湿仓中的变化非常显著，但这种含量上的增加，又不会引起兴奋或者失眠，有意思吧？”

川普故意顿了一顿才说：“解释一下原因，咖啡碱含量虽然增加了，但存在形态却从游离态变成了络合态，也就是说这些咖啡碱被茶褐素等物质包裹起来了，不易被人吸收，所以没有兴奋效果。简单说，不管是干仓还是湿仓存储，也不管咖啡碱含量是变少还是变多，最终结果都是一个——能被吸收的数量变少，所以陈放时间越长对睡眠影响越小。”

茶小二来劲了：“我还以为老茶和熟茶不影响睡眠是因为咖啡碱变少了呢，闹了半天反而是变多了。你们先暂停一下，喝喝这道茶，你们刚才聊得火热，茶汤要凉了，赶紧尝尝。我感觉味道不错，就是稍稍有点紧。”

我作势请泉慧和川普一起品尝。泉慧也闻了闻，尝了一口又闭目感受了一小会儿，随后一边点头一边说：“是那款黄印熟饼，这个估计撬开了大半年，基本醒开了。茶小二这两年功力见长，茶汤比以前柔和。”

川普应该是第一次喝这道茶，在那里反复地闻了喝，喝了闻。这款茶有点讲究，我在一旁静静等待川普发声，很好奇川普会有什么评价。一杯茶下肚，川普居然不表态，示意茶小二继续出汤。第二泡喝完，茶小二见还是没人说话，就继续出汤，不觉到了第六泡。

川普：“刚才说得口干舌燥，一口气喝了 6 杯才缓过来。”居然是这么一句，我差点没把嘴里的一口茶直接喷出去。

川普开始点评：“刚刚听泉慧提了一句黄印，那可就有点年头了。我在喝的时候体会了一下各泡变化，第一泡，或者说前两泡，的确有茶小二说的茶汤不够舒张的状态，应该是醒茶不够。三、四泡起，汤感就柔和了，香气目前以焦香为主，非常清晰，是有年份的茶。茶气也不错，柔和有力，不过树龄不算太大，应该不是纯古树料。”

茶小二补充：“是有年头，估计跟我那个 2002 年春熟的时间差不多，茶叶转化充分。虽然茶叶品质不错，但树龄肯定赶不上我们的无量山。”

我连连点头：“果然是高手，具体情况稍后揭晓。茶小二，这有七泡了吧，你再出个两三泡，就换另一袋里的茶接着泡。这一道放煮茶壶里，后面我们煮着尝尝。”

茶小二出了两次汤后把茶叶倒入煮茶壶，取过第二袋茶开始泡。泉慧和川普笑而不语，饶有兴味地等待茶汤上场。

我转头看着川普：“川普兄，我也学一下你的策略，第二道茶尝过之后再介绍。开场时我就讲了，这两道茶是同一种茶，只不过醒茶地点不一样，前面那个在干爽空间，后面这个在湿润空间，醒茶时间都是半年左右，大家感觉一下区别。”

说话间，茶小二把茶汤分好了。茶小二举起公道杯温嗅，只见他眼睛一亮，露出一丝惊喜之色。川普敏锐观察到茶小二的神色，便示意也要闻。茶小二一边递交公道杯一边说：“香气出来了，我前面洗了一泡，这一泡香气就出来了，特别好闻的焦香。”

川普拿着公道杯反复闻了几回才放下，然后拿起茶杯喝了一口，随后也是眼睛一亮连连点头。我取过公道杯闻了闻，果然是沁人心脾的焦香，似乎心情都能提升一些。公道杯接着传给泉慧，泉慧闻过之后只是微微一笑，似乎正在他意料之中。

三泡完毕，我们不约而同转头看向川普。

川普眉头一紧：“你们怎么又看我，这也要我评价啊。奥，是想让我做个感受对比是吧？好，我说几句。虽然这泡茶只喝到第三泡，但感觉已经追上前面那一道了。关键第一泡就不错，那种让舌面发紧的收敛感明显减弱，茶汤更温和一些。另外，香气释放也提早了，柔和度提升明显，尤其这第三泡，闻香形成的身体穿透感很好。”

我补充注解：“川普兄点评非常到位。我正式介绍一下，这一款茶是泉慧前年找到的一款熟茶，推测是一款定制版熟茶，茶龄在20年左右，树龄则在一百到两百年之间，算不上茶客级古树。虽然树龄不夸张，但制作工艺不错，一直在云南干仓存储，没有人工加速。茶拿到以后，我突发奇想决定在干爽地区和湿润地区同时撬饼醒茶，看看湿度对茶的影响会有多大。半年后我做了比较，发现湿度的影响很明显，湿度大果然转化快一些。”

茶小二有些兴奋：“湿度！茶仓陈放的核心要素。微生物菌群要有一定湿度才活跃，转化才快。”

我觉得时机逐渐成熟，便提出真正的困惑：“我最关心的地方，那就是：既然温湿度是陈放环节的核心因素，那温湿度相近的人工干仓和自然干仓，对茶叶转化有不同影响吗？”

这个问题抛出来后，三位专家都有些沉默，纷纷陷入沉思。我也不着急听答案，慢慢闻香品茶，感受难得的一段静谧。

稍后，川普打破沉寂："这个问题好说也不好说。好说呢，是从技术规范角度看，只要环境符合相关标准，那就是一个合格的茶仓，茶叶陈放在里面肯定没什么不妥。正因为这一点，我们才在广东等地看到很多专业茶仓，利用设备保持温湿度。再从市场上看，大家对广东专业茶仓的茶品都保持认可，没人觉得只有云南的茶仓才好。"

"不好说呢，是从地理环境角度讲，不能说温湿度就是全部因素，可能还有未知因素也有深度影响。如果说茶叶没有活性，外部条件的影响可能比较小，但普洱茶是一种保留活性的茶叶，外部条件的影响肯定不简单。到底还有哪些因素参与转化，目前未必能说清。不过有类似情况可以帮我们理解，中药有个道地药材的讲法，一味中药在原产地药效最高，而哪怕是纬度相同并且温湿度相同的其他地方，药材质量都未必能那么好，这种例子很多。"

泉慧也参与讨论："川普刚刚讲的这一点很对，地方换了可能就不一样了。微生物在茶叶转化过程中的参与程度很大，我们常说的氧化就是由氧化酶促成的，但更要知道氧化酶是由细菌分泌的，细菌微生物的状态会从深层影响陈放效果。微生物生长跟环境的关联度很强，就像我们熟悉的酱香酒，对酒窖微生物的依赖程度特别大，就算原料和加工都一样，窖藏环节也会明显影响酒的品质。"

"说到这里，我补充一个重要细节，那就是香港老仓的情况。二十多年前，普洱茶流行是从香港传到广东才开始的，香港是真正有存茶历史的地方。我这里讲的是香港自然仓，不是那种人工增湿的仓库。香港老仓茶，我仔细品过，味道醇厚，达到了传说中的浓酽之味。如果单纯从地理环境上讲，香港似乎比不上云南茶区，但为什么港仓老茶效果又如此之好？后来才知道，因为老港仓历经几十上百年的时间，形成了一个良好的微生物菌群生态。在老菌群的参与下，茶叶转化才表现出上佳状态。我觉得地理环境是决定微生物状态的一个要点，这是肯定的，但茶仓本身的时间积淀也是个重要因素，老茶仓的效果远远好于新茶仓。"

一番话说得我心花怒放："有道理！泉慧兄这番讲解与茶小二讲渥堆发酵的内容不谋而合。为什么不同厂房发酵出来的味道不一样？不就是菌群生态有差别吗？稳定的老厂房微生物菌群更强大，发酵效果就好于新厂房，跟酒厂保持老窖池的道理完全一样!”

川普若有所思：“泉慧讲的这一点让我想到了我那款茶，为什么在广东自然仓放了几年之后出现远超干仓茶的口感。之前我分析是因为广东的温湿度会高一些，现在来看还应当考虑老菌群的因素，老仓可以提高转化效率。”

泉慧：“这个因素肯定有，我这几年在老茶上下了不少功夫，同样一款茶在不同地方存储之后形成的差异太明显了。为搞清楚这个问题，我跟那些老茶客们做了很多讨论，经常对比着喝，最终发现老菌群的影响非常大，当然这个跟温湿度也相关。现在你让我选茶，如果是同等年份的，我可能还真愿意选老港仓的茶，味道确实牛。”

听到这里，我大体形成结论：“各位，今天是一场头脑风暴，系统分析了茶叶陈放环节的关键诀窍。我把要点简单总结一下，请大家指正。”

“茶仓陈放的关键主要有以下几点，按照重要性排序：温湿度、地理环境、人工干预、菌群生态和时间长度。具体应当是：干仓优于湿仓、自然优于人工、老仓优于新仓、原产地优于外地，总体遵循时间越长越好的原则。这是我的总体感受，如果出现存储地点的变动，存储效果要根据上述原则和具体口感进行综合评估。”

这番话获得一致掌声，看来我的想法大致可行。陈放是普洱茶三大基础要素的最后一项，至此，决定普洱茶品质的基础内容已全部讨论完成。此时的我对如何判断一款茶的品质似乎心中有底了。

香气口感与体感

老茶客有两句话让我印象深刻，一句：普洱茶，汤香胜气香；另一句：普洱茶，要用全身去品鉴。第一句话，我曾经以为是自我安慰，因为普洱茶香气确实不突出，直到我真正体会到汤香韵味才理解。第二句话，从接触古树茶伊始就让我兴趣盎然，茶气让我体会到喝茶是一个全身参与的美妙过程。当然，茶品好坏，最终取决于品饮感受。评定普洱茶品质，我们既要关注香气与口感，更要关注体感。

地点：木子理茶舍
人物：坤土之木、泉慧、川普

虽说原料、工艺和陈放是决定普洱茶质量的三大关键，是评价茶品优劣的必备知识点，但讨论起来多少有些枯燥。现在，学习进程终于从理论环节来到品鉴环节，可以边喝边聊，这个环节无疑更具吸引力。

我和泉慧、川普再次相约申时。这次茶会以品鉴为核心，要求每人都带2款心许好茶，虽说不是斗茶却有一丝比较的意味。今天茶小二不在，大家讨论一番后把泡茶师的角色交给了我。虽然心中惴惴，但也觉得给两位大拿泡茶是不错的锻炼机会，遂欣然接受。

坐定之后，大家把茶都展示了出来。川普从包中取出两个纸袋放在茶台上，一个袋子标着“五星孔雀”，另一个袋子标着“千年春熟”，都是不可多得的好茶。泉慧也翻出了两个纸袋，一个标着“小昔归”，另一个标着“易武千年90年代”。易武那款让我忍不住有些咋舌，但“小昔归”是什么就不知道了，不过能被泉慧在这个场合拿出来，肯定不是凡品，这也引起了我的好奇。

川普拿起我带的茶，一边看一边念叨：“这个是生茶——贺开紫芽，这个是熟茶——红中红。红中红是好东西，如果年份也好的话，值得尝尝。”

泉慧很满意：“今天的茶正好不重样，三生三熟，算是大茶会了。坤土之木，顺序由你来定，按照你的想法喝，正好看看你对茶的理解。”

我摇了摇头：“泉慧，你什么时候都要考校我。我的喝茶总原则：先生后熟、茶气先柔后强、茶龄先新后老、树龄先低后高。根据今天的情况，我认为生茶里面先来贺开紫芽，这是去年的新茶；后面就得看你那个小昔归跟孔雀哪个更老点了，我猜应该是五星孔雀更老，小昔归应该紧随贺开之后；同时老班章的茶气更强劲，五星孔雀应当是生茶里的收尾。再看熟茶情况，先来这款千年春熟，虽然树龄大但年份太新；之后应该是红中红，20世纪90年代末期品种，发酵比较充分；最后应该是易武千年熟茶，树龄和茶龄都大，是压轴重磅。”

泉慧：“可以啊，原则对，判断也正确。现在川普只喝红汤普洱，拿出手的至少是中期茶往上，这款五星孔雀可是经典中期老班章，年头不短，生茶里是应该压轴。我的这个小昔归年头短，2019 年新茶，放在中间喝比较合适。多说一句，我这款小昔归很特别，值得认真品鉴，等会儿再细说。”

香气识茶：兰香与药香

在两位大拿面前泡茶，心理压力是免不了的，好在我对这个环境不陌生，多少能缓解一下紧张情绪。煮水取壶过程中，我一直保持深缓匀呼吸，心绪慢慢平静下来。称茶、温壶、醒茶、投茶等一系列流程后，2021 年贺开紫芽第一泡出汤——淡而清澈的黄绿茶汤。我举起公道杯闻了一下，是淡雅的兰花香，虽不浓烈但很清晰。茶汤入杯，我们举杯或闻或品，开启了今天的品茗时刻。

第一泡入口，淡淡苦涩味，但很快消失。茶汤虽谈不上稠厚，但饱满圆润的感觉很清晰，茶汤内含物质丰富。咽下后静等片刻，后背出现隐隐热感，并且快速上行，仿佛微弱的推背感。

正在暗自感受，很少先说话的泉慧发声：“嗯，不错！坤土之木，你泡茶的功夫提升很大，茶汤穿透力上了一个大台阶，茶汤有意境了。”

我有点不好意思：“过奖过奖，泉慧兄一夸可不得了，受宠若惊的感觉。我这人容易骄傲，你一夸我就飘了。赶紧进入正题，今天是以品鉴为主题，讨论普洱茶的香气、口感与体感。香气往往是率先让人感知的元素，我们就从香气开始吧？”

川普和泉慧互相望了望，川普说：“我先谈，香气口感我关注多一些，体感泉慧多谈。普洱茶不是一款以香气见长的茶类，但并非没有香气，而且普洱茶香还很有特色。总体来讲，普洱茶香主要有下面几个类型。”

“先是兰香，这款贺开就是兰香的典型代表。很多人认为兰香典雅幽静，很有高级感，所以有兰香的茶往往被人高看一眼。据我了解，兰香在嫩芽和老芽上不太明显，中间芽叶的兰香才明显。还有，兰香是一种很清新的味道，跟新茶高度挂钩，茶龄如果在 5 年以上，香气就不显著了。”

“再说樟香，就是樟木散发的气味。樟香来源到现在还没搞清楚，但有一个说法流传很广——樟香来自樟树。在茶山你会发现，普洱古茶林里的樟树很多，又高又大。从生态环境角度看，樟树既能帮助散光遮阴，又能帮助杀虫驱虫，是茶树不可或缺的伴生树。既然茶林中樟树多，气味又重，作为一种擅长吸收气味的树叶，茶树叶真有可能吸收樟树气息。当然，这是个猜想，还没有定论。”

“再一种是蜜香，严格来说蜜香应该算一类，可细分为花蜜香和蜜糖香等。比较常见的是花蜜香，闻起来有点蜂蜜的味道，很舒服。当然，不管花蜜香还是蜜糖香，来源都比兰香复杂，不是单一芳香物质的效果。技术角度看，蜜香来源于一种浅度发酵，把几种芳香物质混合在一起，才有这种复杂香气。临沧茶有蜜香的情况很多，勐库十八寨不少山头茶都以蜜香闻名。”

“还有一种香型是荷香，就是荷叶荷花的香味。荷香跟兰香有相似之处，清新柔和，也有一种清爽感。但跟兰香比，荷香是小家碧玉的感觉，不是大家闺秀的典雅，在高级度上有所欠缺。荷香清新，通常出现在茶龄较小的新茶上，年头太大的茶上不明显。”

“有一种香气跟熟茶关系紧密——枣香。枣香的感觉很不错，是阳光晾晒下红枣散发的香气，是草木香与糖香的混合。枣香在含糖较高的老芽叶上更易出现，而且要充分发酵才显著。熟茶发酵程度高，而且用老叶的情况也多，因此枣香往往与熟茶挂钩。”

“再说一个跟老茶相关的香型——药香。药香，一种类似中药材的香气。药香更加是时间价值，没有三四十年甚至更长时间的转化，普洱茶不会出现药香。药香来源于萜类物质，比如癸萜、藏红花萜等。药香，味道淡雅却让人印象深刻，会让品茶者在不知不觉间感受心神宁静的美好状态。还有些茶龄特别大的茶，能散发出奇特的参香。”

“此外还有些香型也令人愉悦，如焦香、糯香、粽叶香、豆香、木香和陈香等。嗯，焦香很不错，值得多说几句。焦香，也有人把它叫作焦糖香，来源跟枣香差不多，含糖分的原料经过发酵后容易有焦香。焦香通常也出现在熟茶上，尤其陈放了一段时间的熟茶。个人觉得焦香比枣香更好闻一些。”

川普讲解的同时，我保持匀速泡茶出汤。见川普稍有停歇，便把公道杯递了过去，同时赞道：“川普兄真是理工男典范，内容完备，要点突出，清晰易懂。来，闻一下这第三泡后的冷杯香，非常好。”

川普随即接过公道杯，先侧头呼出一口气再对着公道杯深深吸气，闭目感受的同时将杯子递给泉慧。泉慧也同样操作，深吸一口气后闭目不语。

川普呼出浊气后轻声说：“典雅，清晰，纯正兰香，而且香气高扬，公道杯里都充满了。”

泉慧睁开眼睛，又举杯闻了一下说：“是这样。香气持久度很好，从公道杯分汤到现在空杯快 1 分钟了，但冷杯香仍然稳定清晰。还有，香气的张力很明显，说明你激发茶性的水平已经达到一个境界了，值得表扬。”

我再次不好意思：“泉慧兄，你再说我可真要飘了！说起激发茶性，我的确感受到了一些进步，尤其泡熟茶时。等会儿泡熟茶，再让两位感受评价。泉慧，刚刚川普把普洱茶的香气类型介绍了一遍，那香气优劣怎么评价？或者说，从哪几个角度去理解香气好坏？”

泉慧：“香气是品茶的标准环节，不可或缺。虽然香气不是普洱茶特长，但毕竟还是有的，香气评价也要参考标准方法操作。”

“具体来说，香气评价要分品评动作和品评标准两个部分。品评动作是三嗅：热嗅、温嗅和冷嗅，热嗅是闻装有热茶汤的公道杯，温嗅是闻装有茶汤的茶杯，冷嗅是闻空着的公道杯。从普洱茶特点考虑，个人觉得热嗅和冷嗅相对重要，尤其冷嗅的作用更突出。”

“品评标准跟品评动作一一对应，热嗅判断香气纯度，温嗅判断香气高低，冷嗅判断香气持久性。为什么说冷嗅更重要一些？这要从普洱茶的香气特征出发：既然普洱茶不以高香为卖点，温嗅作用就不大；同时，普洱茶虽然香气不高扬，但内质丰富持久性好，用冷嗅判断留香时间很有意义，而且冷嗅时没有热气干扰，还能帮助判断香气的类型及纯度。三个动作对应三个标准，香气优劣的判断大体就是：香气越纯越好、香气越高越好、香气越持久越好。”

“除了上面三点，我觉得还有两个维度。一是复杂度，普洱茶从头喝到尾会出现多种香气，尤其是老生茶和熟茶，比如古树春熟开始通常是焦香，然后到糯香，再之后会出现枣香和棕香，整个过程会有多种不同体验。在香气复杂度上，可能岩茶有些类似，但多数不会有这么复杂的香气组合。这是我认为应当增加的维度之一，香气复杂度越高越好。二是穿透力，暂时这么叫，还没想到别的名词来替代。这一点有些人可能感觉不清晰，但老茶客比较在意，就是闻香时也会出现身体反应，也是种体感。有的茶香会让人头两侧出现反应，有的茶香会让人觉得胸腔通透，还有的茶香会让人觉得胃部舒适。别的茶虽然也有类似反应，但穿透力普遍较弱，一般不被视为显著特点。普洱茶不同，茶香穿透力明显，容易形成记忆。从优劣判断上，穿透力好坏的标准应当是力度指标——速度和强度，身体是不是很快出现反应，反应明不明显。简单说，穿透力越强越好。”

我鼓掌相应：“穿透力这个维度牛，这应当是普洱茶香气的突出特征。刚听你讲身体反应的时候，我一下意识到这有点类似香道！传统中医认为香气也有性味归经的情况，而且起效速度很快，闻香可以调理身体就是这个缘故。不同的茶香也是入不同经络，入肝经的上头，入肺经的宽胸，入胃经的增强胃动力。本质上还是茶气表现，嗯，以后讲普洱茶气，不能只讲茶汤入胃，还要讲茶香入鼻。”

川普补充：“评价普洱茶香气，常规方法和经验要借鉴，但考虑到树龄和工艺上的差异，肯定要有所突破。体感是普洱茶品鉴时的最大特色，香气是形成体感的原因之一，这一点理应在评价中有所体现。我认为穿透力维度的重要性要在复杂性之上，评价时可以给一个较高权重。”

我十分赞同：“的确如此。香气入体，不仅可以表现出体感，而且会有相应功效。我曾经和三宝老师讨论过，气、味都可归经入经，有的茶可以用香，有的则可以用味，可以混用也可单用。单用我的理解就是单用茶香，有种叫茶灸的养生方式，就有单用茶香的内容。”

川普好奇了：“为什么要单用茶香？茶汤不要嘛？”

我思考了一会儿：“我知道的是用绿茶做茶灸，应该是因为绿茶比较普及，而且清香宜人，闻香效果好。用绿茶做茶灸，就是取绿茶的清香之气配合茶汤热力熏蒸面部，灸的时候还要睁大眼睛。中医认为，绿茶之气清轻向上，可以通过面部穴位入体发生作用，比方说明目提神。同时中医认为绿茶茶性寒凉，有人喝了胃不爽。单用茶香的茶灸就是扬长避短，既能利用绿茶功效，又能回避副作用，两全其美。当然，绿茶基本是台地茶，茶气弱很多，如果换成古树茶就牛了。”

在热烈讨论的同时，贺开紫芽已经10余泡，香气不再是重点，从苦涩变成回甘的口感日渐突出，当然，茶气入体的效果也体现出来了。尽管紫芽茶品鉴刚进入峰值区域，但考虑到还有很多款茶，我就提议：“紫芽的香气非常好，但考虑时间关系是不是先到这里？我们开始第二款吧。”

泉慧欣然同意：“可以，正好喝一下‘小昔归’，这是临沧茶，跟勐海茶的香气大不相同。”

口感论茶：苦涩与转化

茶小二的盖碗有好几盏，但朱泥紫砂壶却只有一把，我只好忍痛把紫芽倒了出来。我照旧深呼吸调整了一会儿，待心神稍定才拿起神秘的“小昔归”。

正在闻香之际，川普面向泉慧问道：“泉慧，这款茶什么情况，小昔归，那就不是昔归但又与昔归有关?”

泉慧罕见露出一丝得意之色：“好，我给你们讲讲！小昔归的产地在著名的邦东乡，距离昔归核心产地不到10公里，而且风格相近，就起了个别名‘小昔归’。这个茶区有几个特点，一是纬度为23.26度，正好是北回归线；二是海拔高度在2500米，少见的高海拔；三是砂岩土质，岩石丛生。再加上足够大的树龄，这款茶非常值得品。具体香气口感先不讲，喝喝看。”

听完介绍我好奇心大起，便格外用心泡茶。第一泡入杯，果然临沧茶气息，淡雅中透着蜜香，十分好闻。但最打动我的不是香气而是口感，茶汤微苦微涩，汤中还有一丝隐隐的清润感。第三泡，汤感表现之好令人惊讶，苦涩荡然无存，茶汤饱满圆润，内质非常丰富，生津回甘明显。与此同时，柔和茶气不断沁入身体，在前一泡紫芽的基础上进一步推动身体舒张。茶汤中的清润感愈加清晰，我终于想起是什么感觉了——岩韵！

正在惊喜诧异之时，川普表态：“这茶是昔归风格，不过2500米的海拔高度可比昔归高多了。说来奇怪，云南名寨几乎都是海拔1500米以上的水平，偏偏这个昔归海拔不到1000米，照样是大牛茶。话说回来，这款小昔归不但有昔归风格，而且品质不输昔归，口感和茶气都称得上顶级，而且茶汤中有罕见的岩韵，难怪泉慧这么郑重其事地拿过来。”

川普提到口感，我正好借机话题拉回正轨：“川普兄，对普洱茶口感的生化机制，需要了解哪些内容？当然，如果能从品质评价角度讲就更好了，省得我再理解加工。”

川普爽快：“幸亏我有备而来。先表明立场，普洱茶口感评价是个经典难题，历来众说纷纭，你要指望我给你一锤定音，估计会失望。”

“难点不在普洱茶有生熟之分，大不了按两种方式来评就是。难点在于普洱茶会深度转化，尤其生茶，一款生茶在第一年、第八年、第十五年的差别就不小，等到三十年、六十年，可能是另一种茶了。生茶如果用一个统一标准去评价，可以说是无从谈起。虽说熟茶也有后续转化，但毕竟不会出现生茶那种近乎翻天覆地的变化，相对好处理。个人认为，要对生茶进行口感评价，至少要把生茶分成三段进行才好，就是常说的新茶、中期茶和老茶。”

我深表认同：“的确如此，虽说普洱茶的魅力在转化，但转化就意味着静态评价用不上。我一直犹豫于该怎么对生茶进行全生命周期评价，难点就是不同阶段口感不同，今天希望在两位大拿的加持下能有所突破。”

“川普兄，我们研究茶向来是科技与文化并重，要不还是先从科技角度谈谈口感的生化机制？生茶不同阶段的内含物质肯定会有变化，这是我们判断口感的技术基础，正好这方面是你的强项。”

川普：“也对，先把生化机制层面的东西梳理一遍，再结合茶叶生命周讨论。生茶口感的主要特征是苦涩、汤感、甜度、回甘和生津，都来自特定的物质成分。”

“苦涩是普洱生茶首当其冲的特点，所谓‘不苦不涩不普洱’。其实苦味与涩味是两个味道，源自不同的滋味物质：涩味是关键，来源是茶多酚，尤其是其中的儿茶素；苦味来源比较多，比如咖啡碱、可可碱、茶碱等，但咖啡碱的作用比较突出。云南纬度低，茶多酚和咖啡碱的含量比高纬度茶区高很多，茶汤就格外苦涩。但苦涩并不意味着不好，因为涩能生津、苦能化甘，苦涩能提升口感复杂度。换句话说，苦涩感不持续能化开，这反而是好茶的标志。”

“再说汤感。汤感，听上去有点复杂，只要是茶汤带给口腔的感觉，都可以叫汤感。但品饮时汤感有特指内容，主要是饱满度和细腻度两点。饱满，就是茶汤喝在嘴里感觉很有质感，珠圆玉润，不是薄薄的清汤寡水。细腻，就是茶汤在嘴里是一种细致感，没有粗糙颗粒感。多说一句，我们这里讲的茶汤细腻，跟不少茶客嘴里的‘水路细’比较接近，都是指茶汤从进口到入喉这一段所展示的口腔感受。”

“生津是个有意思的概念，顾名思义，口中生出津液，就是分泌唾液的意思。生津的生理机制有两种，一是茶多酚的涩感效应，就是涩感会让口腔肌肉收敛收紧，而当涩感和收敛感消退的时候，肌肉在恢复过程中会释放津液；二是茶叶浸泡在热水中会释放一种糖苷类物质，这种物质遇热会分解出有机酸，有机酸会刺激口腔分泌唾液，这也有生津效果。有的茶叶生津特别强，唾液从舌底像泉水一样涌出，这种情况被称为‘舌底鸣泉’。如果一款茶有舌底鸣泉的境界，品饮感觉相当舒适。”

“甜是一种美妙的感觉，茶汤会提供两种甜味。这里我们要先把甜度和回甘区别开。甜度和回甘，相同之处是甜，但却是两回事：甜度是直接可以感觉到的甜——糖分的口感；回甘不同，一定是茶汤咽下之后在两颊和舌后部出现的甜味，通常在茶汤入口后慢慢出现，仿佛甜味是从喉咙返回口腔，所以叫回甘。回甘的生化机制与生津相似，也是糖苷类物质遇热分解出可溶葡萄糖，从而让口腔感知到甜味。一般来说，苦涩是普洱茶常见口感，直接的甜度未必显著。但古树茶内含物质丰富，生产葡萄糖的底子丰厚，所以古树茶回甘往往比较强且持久。”

我适时插播：“川普兄，喝几口茶润润喉，现在生津和回甘都出来了。这款小昔归的生津虽然没达到舌底鸣泉的程度，但也很不错。回甘我觉得更突出一些，很正很清晰，入喉深且持久度好。对了，这款茶不愧是砂岩土质出品，岩韵太令人满意了。”

泉慧颇为自得：“那可不，这可是花功夫找到的，跟踪了好几年。我们对这片茶林的地理条件、生态环境和树种树龄等方面做了详细研究，反复品鉴才确认是好茶。这片茶林面积不大，一年也就产个几百公斤，算得上珍稀小产量。”

听泉慧这么一说，我格外认真泡了几泡。很快，小昔归也到了十泡，汤色依然稳定，口感仍在巅峰状态，似乎离下滑还早。

我忍不住赞叹：“的确是好茶，虽然名不见经传。看来云南古树茶资源没被发现的还很多，这么好的茶居然没有知名度。我也要学着点，去知名度低的茶山找茶，寻找估值洼地。”

“川普兄，根据你讲的生茶口感四个方面，我觉得前面的贺开紫芽跟这款小昔归都算得上好茶。一个苦涩明显但转化迅速，另一个苦涩不重岩韵适口；两者都汤感饱满且水路细腻，显然海拔树龄都是上上之选；贺开紫芽生津更快更强，可能是树龄更大的缘故，小昔归生津虽不澎湃，但绵绵然汩汩然，后劲十足；回甘也是各有千秋，贺开紫芽苦涩开场，渐转回甘且清晰持久，小昔归苦涩不重，回甘更快同样稳定持久。综上所述，我认为这两款茶就口感而言，都是一流好茶。”

泉慧补充：“苦涩不怕，因为苦涩反映了内涵物质的多寡，但多寡只是一个方面，还要看品质，就是转化速度。评价苦涩关键在于能不能化开，转化速度越快品质越好。有些茶比较奇怪，苦涩很重但一直化不开，从头到尾舌面都是苦的，这种茶就没什么意思。”

川普：“我同意你们的观点。今天还有四款茶呢，小昔归就喝到这里吧，试试我的五星孔雀。这款茶的茶龄超过 20 年，正好可以结合这个口感讲讲中期茶。”

泡中期茶水温要保证高温，我就把煮水陶壶拿了出来，开启接力煮水法：用电水壶把水烧开，再注入陶壶加温保温。

五星孔雀是一款经典老班章古树茶，能尝到这么一款名品不免有些小激动。我调整了一下呼吸，待心绪平复后，静心开启了五星孔雀的品鉴之旅。

茶叶是中期茶经典的深褐色，鼻端闻过是熟悉的班章气息，但已不那么霸气。温壶完成，我小心将茶叶倒入壶中等了一会儿——干醒。打开壶盖一闻，入鼻是典型中期茶气息——稳健而不张扬。湿醒之后的第一泡入公道杯——初阶红汤，快进入养胃级别了。热嗅香气，果然不再显著，这是时间沉淀的结果。重点体验口感，入口仍微微有些苦涩，但与班章新茶相比好多了。饱满程度更趋明显，或者说茶汤浓厚。随后苦涩悄然退去，口腔隐隐生津。

第二泡，苦涩更弱，生津有所增强。

第三泡，苦涩几乎尽退，生津明显，回甘出现，茶汤细腻入喉丝滑，茶气从后背向上发散。

我忍不住赞叹："果然是好茶，树龄大，口感美妙，茶气十足。与新茶相比，香气口感变化都很明显，香气闻不太出来，但口感厚重程度提高一大截，汤香显著。"

川普欣然："五星孔雀的确经典，是我非常喜欢的一款。口感跟前面两款新茶相比，区别非常明显，这就是转化的魅力。茶多酚被大量氧化，导致苦涩感减弱，醇厚感增强，生津平和，回甘增强。老生茶也是同样的道理，口感会在中期茶的基础上进一步演化：苦涩会减弱到近乎消失，茶汤厚度与滑度则可以跟熟茶相论，生津的变化相对小一点，回甘更加突出持久。这就是我前面提到的，新茶、中期茶和老茶三者对比，无论香气还是口感，会系统性变化，如果不对指标权重进行调整，评价无法下手。"

我们暂时停止交流，专心品鉴五星孔雀。十泡过后体感充分显现，我们三人都有心旷神怡的感觉。

泉慧见我有些犹豫，便替我下了个决心："这款茶的确好，但我们得抓紧时间品后面三款茶，就先喝到这里。但并不是不喝了，可以倒进煮茶壶，等后面跟熟茶一并煮着尝尝。"

这话说到我心里去了："好！刚刚就是犹豫，这个主意很棒，那我们进入熟茶阶段！"

我一边准备茶具一边发表观点："熟茶口感的关键是五要素——香、甜、醇、厚、滑，这个说法的认知度比较高。香，指汤香，当然也有不错的气香；甜，既有直接的甜味也有回甘因素；醇，是茶汤的浓郁程度，与寡淡相对应；厚，则是茶汤的饱满厚实状态；滑，是入口入喉的丝滑感。我对熟茶的研究关注比较多，这个就不麻烦川普兄了，我直接说了。接下来我们就按照顺序，先尝尝千年古树春料所制的熟茶，这款茶是茶小二

2015 年作品，有段时间没尝了。”

这款茶是我们茶友会的经典饮品，泡这个茶我有心得，只需稍微平复一下心境即可。泡熟茶对水温的要求更高，我延续了泡五星孔雀时的煮水组合。

从醒茶到出汤，整个流程一气呵成。在分茶前我先热嗅了一番，果然还有一丝堆味，香气若隐若现。分茶，温嗅，随后大家举杯一饮而尽。茶汤中还藏着一丝发酵余味，但已略有温和气息，毕竟茶龄超过 5 年了。

泉慧轻轻赞叹：“果然不错，一方面是茶不错，另一方面是泡得不错。这款茶的穿透力被你激发得比较充分，一杯就让身体通透了。生茶的穿透力比较向外，熟茶的穿透力向内，这款茶的穿透效果发挥出来了。看来你这两年来没少下功夫啊，茶泡得相当不错，水平比泡生茶展现得更好。”

我心花怒放，但表面低调：“泉慧兄，又一次遭到你的夸奖，实在汗颜！我没觉得有大变化，可能就是心境比以前静一些？别的方面，比方说手法之类的没什么进步，姿态仍然说不上优雅，艺术气质更没提升。”

泉慧摇头：“茶艺技巧不是我们关心的重点，能改善是好事，但手法简练也没影响。我们关心的是如何激发茶性，让茶汤表现更好的状态，进而形成更好的体感和功效。行了，我要好好喝你后面几泡。”

我点点头，专心致志泡茶出汤。

第三泡，堆味消散，冷嗅公道杯时有清晰焦香。熟茶本来就没什么苦涩感，所以汤中甜味很快就被捕捉到。

第五泡，清晰感受茶汤入喉的丝滑感，有如天鹅绒一般，这是纯料古树茶才能带来的美好体验。茶气早已从腰腹发散到后背腿脚，温煦舒适。

很快茶汤出现枣香，给人一种沁人心脾的感觉，这是熟茶温胃健脾的功能所致。本来我还想继续往下泡，川普提了个建议：“坤土之木，这款茶喝了十几泡，我觉得差不多了。后面还有两道，这款茶就一并倒进煮茶器吧。”

我同意：“正有此意。熟茶五要素——香甜醇厚滑，在这款茶上表现得非常充分，从第一泡到第十泡的提升程度很高，特别清晰。非要说不足的话，那就是温和度和内敛度稍有不足，这是茶龄太短的缘故。”

泉慧：“香甜醇厚滑，是大的概念，不同的茶区别很大，有的偏重某几项，有的虽然平均但总体高度不足。这款茶可以当成一个标杆来看，没有明显缺项，是难得的好茶。温和与内敛这个需要时间沉淀，急不得。如果论评价，在传统五要素的基础上，应当把温和与内敛这两个因素加上。”

我很认同：“同意。香甜醇厚滑是一种常规说法，要想提高茶汤评价的境界，要增加维度。刚刚反复提到的穿透力，应该算是体感，接下来该讨论普洱茶品饮的关键——体感了吧！？”

体感识茶：茶气与功效

识茶

体感，是我理解普洱魅力的关键一跃，自此告别以口感与香气为核心的品饮习惯。体感，才让我相信普洱茶是一款健康功能饮品，值得我们孜孜以求。

泡第二款茶前，我先发表了一通感慨：“体感在普洱茶品鉴中是经典难题，既难在不同人的体感千差万别，更难在有些人否认体感存在。”

“体感的这两个争议，跟大家的身体敏感度有直接关系，但最根本原因是对中医生理机制缺少了解。当然，如果对中医本身存疑的话，体感就更加无从谈起。有鉴于此，体感评价我往往收着讲，要根据品茶人状态调整。”

“一个人如果敏感度不错，不仅有排气现象，还有冷热变化，我就多聊一些。如果他对中医不排斥，可以聊得更深入一些。要是能碰上对中医有了解的，这茶喝起来就爽了，不仅可以探讨身体状况，还可以讨论茶方运用。当然，还有一种情况是碰上身体淤堵的人，什么体感都没有，那就闭嘴不谈。”

川普插话：“严格来说，我属于接受中医但又了解不多的状态，所以我对体感的了解也处于中间状态：热感、排气这些反应肯定很熟，而且对茶气上行、下行、入丹田这些也有体验，喝完茶会觉得周身舒适。但更细致或者更系统的体感知识，就没什么概念了。要不你讲讲大致框架？日后我在喝茶时能有个参考，方便提升体感理解。”

泉慧：“你们说得很对，很多人对茶气理解不深，主要是对茶气入体的中医知识了解不够。如果把茶与经络的关系总结成几点，对大家提升体感肯定有帮助，这值得讲讲。”

我乐了：“好嘛，那恭敬不如从命，我就讲讲那点三脚猫的中医知识，算是给体感讨论暖个场。我先把第二道熟茶泡上再聊。”

红中红是一款20世纪90年代老熟茶，勐海茶厂经典熟茶之一。第一泡入杯，川普尝了一口马上点评：“这茶年头有了，而且有广东仓经历，在老仓里放过。”

我点头称是，然后继续出汤。第二泡入口泉慧表态：“不错，年头够，原料也好。这一泡陈味小多了，体感出来了，走得很深。”

专心品茶时间过得很快，茶过五巡，茶汤是入口即化的感觉，隐约有一股力量从舌面向四周散开。泉慧为此赞叹：“茶汤的化感特别清晰，这种感觉不太常见，陈放时间够长，茶性完全转化了。坤土之木，你就趁势开讲吧。”

借着喝茶的机会，我把茶气相关中医原理梳理了个大概。听到泉慧的招呼声，我清清嗓子开讲：“我谈不上懂中医，其实是不敢讲的。但我曾跟中医老师就这个话题做过讨论，知道个大概，今天向两位做一个转述。”

“先说比较常见的观点，《黄帝内经》有一个关于饮的说法，可以被用来帮助理解茶气的行走路径。内经中说：‘饮入于胃，游溢精气，上输于脾，脾气散精，上归于肺。’饮，指喝进体内的各种液体，茶汤就是典型的‘饮’。照此说法，茶入胃以后，茶中精气会首先进入脾脏，随后由脾脏将精气输送到肺脏。肺是一个关键脏器，负责气的流动，中医讲‘肺主气’。茶文化里的‘申时茶’就是中医概念，中医认为后背上的膀胱经是人体排泄垃圾的主渠道，而膀胱经在申时特别活跃，此时喝茶会有助于排毒。肺脏与膀胱经最主要的连接点是一个叫肺俞的穴位，在后背偏上的位置，茶气从肺俞进入膀胱经，肺俞接收到茶气就会有反应。用现实情况佐证一下，大家喝普洱茶的体感反应，往往先从后背偏上的部位出现，就是这个道理。”

川普好奇：“刚刚你讲的路线既不是消化系统，也不是循环系统，肯定是中医里经络的概念。但我想问一句，你强调常见观点是什么意思？难道还有不常见观点？跟复旦大学的茶气归经实验有出入？我觉得内经的这个讲法比较符合实际，那不常见观点是什么？”

我乐了：“复旦大学那个实验的核心内容是验证经络的可靠性和茶类归经现象，并不涉及茶气入体的循行路线。”

“之所以强调常见，是因为刚才的循行路线是流行观点，尤其在中医读物上容易见到，但这个说法不全面。当然，上述循行路线是正确的，也确实常见，因此川普兄才会觉得跟品茶体验比较吻合。但这个说法只描述了茶气入体后一种路线，而茶气入体后有多种路线可选。如果误以为只有一种路线，肯定会对感受茶气形成干扰。”

“还有哪些路线？主要有两类，不是两条！一类是升发路线，尤其新生茶，向上的路线比较明显，具体看一下：首先可能沿肝胆经上行，沿肝经走可以到眼睛，沿胆经走会到达耳后一线；其次可能沿胃经上行，会到达面部尤其是额头部位；再次可能沿背部督脉上行，直达头顶并延伸到鼻端；还有一条路线很特别，会沿着心包经一直抵达手掌心；再说个有意思的，有一个著名穴位叫做太阳穴，这个穴位不属于任何一条经络，但茶气可以直接走到这个位置。所以茶气上行时，既可能沿膀胱经往上，也可能从其他路径向上，让上半身不同部位产生气感反应。”

“另一类是入中下行路线，老生茶和熟茶主要走这类线路，也可以分成几种情况：首先是入脾经的路线，茶气从大腿到小腿再直达大脚趾；其次是川普兄刚刚提到的路线，直入丹田后温暖腰腹，越是老茶这个路线越清晰；还有新茶也可能下行，比较常见的是从肝胆经下行，尤其是走腿外侧中线的胆经更多，这是因为胆火旺的人比较多，容易感知。当然，还有沿肾经和其他路线下行的情况。注意，茶气下行后不会停在脚底，会从腿后膀胱经和背部督脉继续向上走，进而形成一个循环。前面讲的茶气上行也是，茶气到了头部也不停留，会继续沿着身体胸腹部的任脉下行，也能形成一个循环。”

川普嘿嘿一乐：“又是任脉督脉，又是循环，听上去像打通任督二脉。你刚刚讲胆火旺的人容易感受胆经体感，难道感受体感不一定是好事？你们平时为什么又很提倡感受体感？这让我有点晕。”

我摇了摇头：“任督二脉，是中医视野里的生理现象，但人们对此不甚了了，很多人是从武侠小说里看到这个概念。这下好了，大家觉得既然任督二脉是小说里的东西，那估计是艺术加工成果，很难觉得是正经概念。”

“有体感到底好不好？川普兄，你这下问到关键点了。首先，有体感比没体感好，没有体感说明身体灵敏度偏低，无法感受茶气入体这种微弱感觉。而导致身体灵敏度下降最直接的原因是体内垃圾多有瘀滞，导致茶气通行不畅，感觉不明显。而有体感至少说明身体瘀滞算不上严重，比没有体感好。其次，显著体感如冷热感、出寒气和大汗淋漓等，比不上平和体感。正常体感应当是一种微弱的流通感，类似气流行走。老茶或者熟茶会有很舒适的温煦感并伴随细汗，切记，不能是类似发热的感觉，也不能大汗淋漓。如果有显著体感，则说明体内存在一定程度的垃圾，大概率是亚健康状态。”

“强调一下，偶尔一次显著体感不能说明什么，经常性、持续性出现这种体感，才值得注意。体感与垃圾的关系大致是这样的：如果是发热的感觉，可能是体内有火；如果是明显大汗，可能体内湿气较重；如果是发热兼流汗的情况，体内可能有湿热；如果是发凉透寒的感觉，说明体内有寒气；如果是流冷汗，可能体内有寒湿；如果是打嗝，说明胃气不降，胃可能有不妥；如果是放屁排气，则可能是肝脾方面的问题。举个例子，很多人喝生茶有后背后脑勺发热的情况，同时又会觉得舒服，这首先说明体内有火——热感，但也说明茶气在帮我们排垃圾——舒爽。大的原则就是，有体感好过没体感，温和体感好过显著体感，显著体感说明茶气在活气血、排垃圾，长期坚持有助健康。”

川普露出满意神情：“这下算有点概念了：茶不同则气不同，在体内的行走路线不一样，品茶人体质不同体感也会不同。不同人喝同一款茶的反应各不相同，是因为气血和体内垃圾情况不同。如果能知道一款茶的标准茶气路线和反应是什么，就可以根据体感情况对身体状况进行判断，没错吧？那我又有一个新问题了，茶气走向多种多样，再跟不同的品茶人结合，体感就更加五花八门。那体感好坏该怎么判断呢？或者说，该用什么角度来评价体感？”

川普这么一说我也来劲了：“这是今天讨论的核心，也是我困惑的地方，到底该用什么角度评价体感？如果不用茶气，还有什么指标可用？我先抛砖引玉，把我的考虑跟两位汇报一下，再一起讨论。”

“茶气与体感相辅相成，茶气与身体状态结合才会出现特定体感。但茶气是体感的基础和决定因素，更加确定和稳定。从这个角度上讲，从茶气角度去评价体感具有一致性和规范性，相对更好操作。”

“但以茶气为评价基准又有不利之处，就是喝茶人未必有标准体感，无法体会茶气的自然状态。现在的人饮食上有冷食多、肉食多的情况，工作上有节奏快、压力大的情况，加上普遍重度使用电子产品，这样很容易出现湿、热、寒、火等多种垃圾在体内并存的情况。按照西医标准，很多人未必是病人，但气血运行已经出现异常，而且情况复杂。也就是说大家的体感千差万别，没有一致性。如果仅从茶气标准评价，结果很可能让人一脸懵，甚至找不到感觉。”

“从品鉴角度讲应该用体感评价，但不容易取得共识。所以我举棋不定，到底是基于茶气的标准状态去评价？还是直接用体感状态去评价？似乎各有不妥。”

川普：“你一开始说，我就猜到你的顾虑了。简单说，基础性的茶气是关键，但人们未必能感知；能感知的体感又各不相同，你描述标准感觉会让人难以理解。这是有点尴尬，真理有时候掌握在少数人手里，怎么操作还真要想想。泉慧，你什么想法。”

泉慧似乎有些心不在焉，过了一会儿才接过话头：“不好意思，有些走神。刚刚我一边回顾坤土之木讲的内容，一边梳理我的体感经历。按照流行的十二正经奇经八脉这个说法，大多数经络的对应茶品我都品尝过。你们现在是讨论到底该用什么去评价体感，对吧？从体感这个层面上讲，的确难以抉择。”

“这时得往回退一退，从更深层的目标去论。为什么要评价体感？因为体感是普洱茶最大的特色，也是健康功能的直接表达。再退一步，为什么要对普洱茶进行评价？因为普洱茶太复杂，不知该怎么选茶，对吧？因此，普洱茶评价的价值，恰恰是在大家不了解的前提下，提供一种参考或者指引。”

“这下简单了吧，提供正确的情况给大家是关键，至于大家能不能准确感受是第二位的。我倾向用茶气这个根本来评价，暂时忽略大家不能捕捉正确体感的困扰。”

川普：“有道理。我最开始喝普洱茶的时候，基本上是以香气和口感为主要评价标准，体感不太看重。后来身体感受越来越多，越来越显著，加上和你们经常交流，对茶气和体感的了解才逐步加深。再往后，可能是体内垃圾慢慢被排了不少，比方说萎缩性胃炎就明显好转，体感越来越清晰，没有体感的茶喝起来没什么意思。从茶气入手评价，再注解一下应有的体感现象，我相信茶友们喝一段时间肯定能感知一些，评价的意义就出来了。”

我也赞同：“有道理，我有点局限了，总想让大家马上领会评价效果，思维没发散开。不要在乎一城一地之得失，假以时日，我们以茶气为核心的评价，一定会得到爱好者们的认同！那就以茶气为核心对体感进行评价。泉慧兄，你对茶气的理解非常到位，你认为该怎么评价茶气？”

泉慧也不推辞：“虽说茶气多变，但从质量角度考虑核心点有两个：一是充足性，二是持久性。充足不充足很容易被捕捉到，虽说人们未必能感受到流动感，但可以感知模糊的力量感，身体会出现某种隐约变化，比方说肩周不好的人会发现肩膀松了。茶气足意味着力量显著容易被感知：要么像老班章那样霸烈强劲，直接就能感觉到；要么像冰岛那样绵柔持续，逐渐能感觉到。不管哪种，只要一泡茶喝完身体可以出现清晰感受，就可以算茶气充足。”

“持久性好理解，不是喝完就散。茶喝完之后，体感不会迅速消失而是继续保持一段时间，越长越好。坤土之木，我记得你有个朋友以前没喝过茶，但跟你喝了一次老班章后开车去外地，开了三个钟头仍然精神十足，让他非常惊讶，这就是茶气持久性好的表现。有的茶喝的时候感觉很有力，但很快消散了，就差点意思。这就是我的想法，川普你有没有补充?”

川普：“我赞同！茶气必须又足又持久才好，这样身体才能舒张开。就像现在，连续喝了五道茶，茶气把全身推开，感觉特别放松舒适。昨天坐动车的疲劳一扫而去，现在很有精神头。”

我一拍大腿：“两位老兄，我们还有第六道茶呢，易武千年，喝还是不喝啊。身体已经被前面的茶气冲开，再喝这道茶完全是空中接力，不能感受本来面目，要不下次再喝?”

泉慧笑笑没说话，川普眨了眨眼：“我是有点舍不得，但今天确实量有点大，现在喝有点可惜。本着爱茶优先的原则，那就再找机会。”

我赶紧表态：“好，等我们再约个时间一起品尝。今天聊得通透，普洱茶品鉴三大要点都讨论到了，感觉良好！有了前期的基础要素分析，再加上今天的品饮环节讨论，对如何判定一款普洱茶的品质，我已成竹在胸。接下来，该按照普洱茶的基本特征，设计专属评价方案了——一个站在消费者视角的品质评价体系。”

普洱评价新体系

经过近一年的深度学习与访谈，评价体系终于进入设计阶段，不兴奋肯定是假的，但紧张也是真的。回首这一年，以吃肉决定喝茶的讨论为契机，开启了一次全方位的普洱茶知识梳理：纵观历史渊源，俯瞰地理分布，深挖品质三大基础：原料、工艺和陈放，细数品饮三大关键：香气、口感与体感，散乱的普洱茶知识得到系统性升华。一个消费者视角的普洱茶评价体系即将面世，或许并不完美，但是值得拥有。

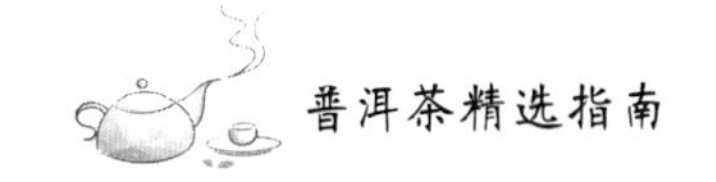

地点：云上茶会

人物：坤土之木、呼吸有道、花间一壶、春秋小仙

线下约茶因新冠肺炎疫情变得不那么方便，但不影响我们体验普洱茶。经过一段时间的体悟和沉淀，我提议茶友们一起云品茶，就构建新的普洱茶评价体系展开正式讨论。我深思熟虑后邀请了茶会参与人：呼吸有道，普洱茶与传统文化的超级爱好者；花间一壶，金融从业普洱茶爱好者中的谦谦君子；春秋小仙，金融从业普洱茶爱好者中的窈窕淑女。春秋小仙虽是新成员，但关注普洱茶已近十年，颇有心得，尤其有不短的海外经历，能为我们提供不同的视角。

表现形式：基于评价体系的比较

之前已经预告，茶会重点是讨论评价体系，喝什么茶大家随意。茶会开始前我问大家都准备喝什么，居然无一例外地选了中期茶 7532（2003年）。这个意外的一致选择让大家颇为欣喜，竟然如此默契。

我率先引出话题："经过一年时间的学习，与普洱茶品质判断相关的知识体系已经梳理完毕。在这个知识储备的基础上，大家可以继续自行深加工，摸索符合自身特点的选茶方法。我按照自己的理念，初步设计了一套普洱茶评价方案，今天相约云品茶，就是要向大家报告这个评价体系的基本框架。对于体系中已经形成草案的部分，请大家批评指正，对那些犹豫不定的地方，请大家帮我参谋参谋。"

春秋小仙节奏明快："你这是谦虚，我们喝茶没你有经验，今天来主要是学习。不过我很好奇，你明知我们不过是爱好者水平，怎么会让我们帮你参谋，这有点不好理解。"

花间一壶不紧不慢："估计是让我们当听众，听听观点谈谈感受。这不另有专家嘛，呼吸有道才是真正要参与讨论的人。"

我摇摇头："花间一壶，你说错了，你们几位都要参加讨论，我很期待。之前我以请专家为主，但今天换一个角度，从普洱茶爱好者——同时是评价体系使用者的角度，对评价体系的实用性进行把关。”

“虽然我对评价体系的期望值不是那么高，但希望能在接受度和包容性上有所突破。接受度是让更多人愿意关注和了解，既符合深度爱好者的要求也满足普通爱好者的想法，既适合中老年人的胃口也让年轻人觉得耳目一新，既让中国消费者觉得好用也让海外消费者容易接受。插一句，我觉得普洱茶作为茶中翘楚，理应成为中国洒向世界的名片。包容性是从文化角度说，既具备传统茶文化内涵又具有现代生活气质，既具备东方文化神韵又能为西方文化所理解。由此，希望几位能在这两方面多多协助，多多支持。”

春秋小仙明白了：“这么说我理解了，那我能发挥点作用，惴惴不安的感觉少了。在国外总看他们喝各式各样的红茶，很奇怪为什么只有红茶流行到海外了。回国后对茶叶了解多了，觉得国内茶叶有些方面的确不适合海外消费者理解，比如产品形态还有产品介绍。至于在国内流行时间都不长的普洱茶，在国外影响就更小，印象中普洱熟茶在法国是被当成药来卖的。如果这个评价体系能让老外更加方便地理解普洱茶，倒是好事情。”

花间一壶来劲了：“坤土之木，我再猜猜，你是不是想突出一下评价体系的实用性，在专业性和实用性之间寻求一种协调。你比较看重实践，对纯粹理念或者概念兴趣不高，就像你经常说传统文化一定要实修，不能只停留在文字上。”

我不由得感慨：“啧啧，说到我心里了。这段时间我反复思考这个评价体系的定位，如果只考虑专业茶客，肯定要力求专业性与完备性，经得起专业检验。但转念一想，普洱茶品质历来众说纷纭，侧重点各不相同，形成了多种观点和流派。要想形成统一的评判标准，难度实在太大，搞不好反而一无是处。我就回到原点考虑，评价体系的初衷很简单——为消费者提供参考依据，核心是站在消费者角度降低消费难度。至于技术流派之争，虽说高大上，却未必是消费者的重点。评价体系的专业性应当必要且足够，但务必满足简单易用这个实用原则，要符合普通消费者的需求。你们在各自领域都是实践专家，在理念与现实的结合上经验良多，你们的参与和帮助将非常关键。”

呼吸有道："坤土之木，你这个想法我完全支持。我参加茶会不少，见过的茶客更多。感觉不少人会有意无意地把茶文化引向艺术化甚至神秘化，反倒让初学者对茶文化敬而远之。实际上大多数人喝茶仅仅是一种日常行为，渴了要喝，味道不错爱喝，有保健功能更要多喝，这才是大众关注点。茶艺、茶文化，是爱上茶以后的情况，没学会走怎么能想着跑呢。评价体系确实要符合现实，简单实用优先，专业水准不低。"

几位的表态让我心情舒畅，便举杯邀约大家一起品尝7532。这款茶已有20年陈放历史，茶气已不猛烈但不失强劲，茶汤入口不久温热感便在后背出现，并迅速向头部涌去，我随即精神一振。

见大家已是洗耳恭听的状态，我拉开了讨论大幕："我们开始吧。我先向大家报告设想，再请大家发表意见。首先，我想跟大家讨论一下评论体系的结果用什么方式展现为好。先看看比较熟悉的三个评价体系：基金评价、帕克葡萄酒评分和钻石评级，基金评价的结果是五星制，帕克评分是百分制，钻石评级是四维分级。"

"这里基金评价的结果看上去最简单，实际上不简单，因为星级评定只是结果的一部分，并非全貌。基金评价结果还包含一系列数据指标，比如反映下跌程度的最大回撤、反映业绩起伏的波动率和反映综合收益的夏普率等，基金评价结果其实是双重表达：简单明快的主指标 + 多维辅助指标。"

"帕克评分的百分制比五星制精细一些，但仍然简洁清晰，一打眼就知道结果。钻石评级则要复杂一些——著名的4C标准，分别从白度、净度、大小和切工四个维度进行评级，每个维度进一步分为十个左右的细分等级。"

"从相似性上讲，葡萄酒跟普洱茶最接近，百分制也最容易为人理解，所以我倾向于选择百分制，但用不用辅助指标需要讨论一下。普洱茶与葡萄酒在品鉴复杂度上有相似性，帕克的做法是将品鉴维度内嵌在评价体系中，让指标显得非常简洁。但把品鉴隐藏起来也有不足，因为不能直观反映消费体验。普洱茶品饮的复杂度更高，而品饮感受直接影响消费者，隐藏起来的话指导意义就小了。我想听听大家的想法，要不要在评价结果之外增加辅助指标。"

花间一壶注重细节："辅助指标是什么形式，是基金评级那种数据，还是类似五星制的分级？如果是数据，是不是还得配一个说明？这样我觉得很麻烦，不如不用。但如果是星等分级这种方式，好像还可以，简洁易懂。"

春秋小仙："你话才说了一半，你只是说星等分级的方式比较好。但到底应不应该加辅助指标，你没观点啊？"

花间一壶挠了挠头："没想好，我觉得加有加的好处，更细致一些。但不加也有不加的好处，对于不追求细节的人来说，百分制也行。"

春秋小仙嘿嘿一乐："花间一壶，你这有点耍滑头。我认为辅助指标是个好东西，能帮助大家了解品饮特征。虽然普洱茶是特别好的健康饮料，但多数人还是要根据体验来判断，品饮特征应当清晰告诉大家。形式上我同意花间一壶的说法，不要用数据形式，用等级划分，一目了然。"

呼吸有道："喝茶体验是喝茶人最看重的东西，如果评价结果缺少对关键细节的表达，感觉少了很多东西。如果能把香气、口感和体感这些品饮特征一并列出来，大家就既能知道总体定位，也能了解品饮特征，感觉会更好。我对数字形式也不太认同，理解起来太复杂而且也不好展示，难不成你画一个表格给大家？"

春秋小仙："对，要是像基金评价那样弄一堆数字化指标，非得列个表才行，这就不简洁不易用了。还有，辅助指标是不是就用香气、口感和体感这三个？用这个顺序？这个顺序把体感放在第三位，是不是有点可惜？说起体感，我现在很上心。记得有一次喝 7532，茶气一下冲到肩胛骨，本来我胳膊因为受凉一直不舒服，结果茶气冲过去把不适感推开了，胳膊就舒服了。我对这个印象太深刻了，这才对茶气和体感心服口服。体感排序是不是应该往前一点？"

花间一壶不同意："我不赞同，虽然大家都比较认同体感，但那是喝了一段时间后才有的感觉。对于刚接触普洱茶的人来说，直接强调体感有点突兀，毕竟没有体验。从茶客角度讲，体感放第一位肯定没错，但这个评价体系是面向大众的，要尊重他们的理解和习惯，香气、口感这些放前面更合适。"

呼吸有道："同意。普洱茶需要慢慢才能找到体感，体感在很多人的概念里可能就没有。向大众展示评价结论应当符合当下的认知状态，我同意香气、口感和体感这个顺序。”

听到这里，我大致有了判断：“听大家这么一分析，道理其实简单，我的纠结消除了。那这样，采用核心指标与辅助指标同步使用的方式，核心指标用百分制，辅助指标设三个，用等级划分方式。嗯，分多少等呢，用五个或者十个级别？对了，级别用什么符号体系比较好？甲乙丙丁？ABCD？”

春秋小仙快人快语：“ABCD！甲乙丙丁是有中国文化神韵，但外国人不太容易懂，总不能再翻译一遍过去？从国际传播效果看，ABCD 比较合适。”

我点点头：“有道理，虽然有点舍不得甲乙丙丁。出于简单便捷的考虑，等级分五级就可以，也就是每个指标再细分为：ABCDE。这样一来，一款茶如果被我们评分 90 分，香气二等，口感二等，体感一等的话，评分结果就是：90BBA！”

花间一壶乐了：“BBA？听着像三大汽车简称。这个表达形式不错，既不复杂，又展现了细节，我觉得挺好。”

我补充：“评分结果并非全部，这只是为了看起来方便，是为普通爱好者服务的。资深爱好者也不能不考虑，我会在提供评价结果的同时，再提供一份评价报告，从原料、工艺和陈放等基础角度，香气、口感和体感等品饮角度，对品质进行分析。这样看来，普洱茶评价还是跟基金评价比较接近，易用性与专业性并重。表达形式就确定了，接下来该设定参数和权重了。”

评价维度：数据分析与品鉴体验

一番热烈讨论让大家口干舌燥，乘茶歇之际纷纷举杯畅饮，茶汤的解渴功效被体现得淋漓尽致。

大家润喉已毕，我继续：“评价体系的结果展示是简洁的数字加等级，但评价过程要将科学定量分析与经验定性分析结合起来。评价过程涉及一系列具体问题：需要设定几个维度？具体维度设多少指标？哪些指标能直接量化？指标权重怎么设？定量分析与经验分析的协作关系怎么安排？这些问题的答案，将共同构成评价体系的核心框架。接下来，我把关键点跟大家简要报告，然后一起讨论维度、指标和权重。”

“三大基础要素涉及普洱茶品质的具体指标有不少，能直接量化的可以优先讨论处理，不能直接量化的要进行数量转化。当然，还有一些带文化色彩的指标，需要更加复杂的处理才能变成数据。”

“第一个基础要素是原料，这里又分天、地、树三个维度：天维的主要内容是光照，反映指标海拔、云雾与遮阴状况；地维的主要内容是水土，水的反映指标有地下水、降水和地表水等，土壤反映指标有矿质元素含量和土壤结构等；天地之间的树维——茶树相关情况，主要反映指标有树种、树龄、温差和生态环境等。”

“数量关系最明确的是海拔、矿质元素含量等指标，相对明确的是温差、降水量、云雾日、树龄、土壤结构、遮阴程度等，其他如生态环境、地下水、地表水等需要评估才有数据，树种可被视为定性指标。”

花间一壶：“你好像没有提到茶多酚、茶氨酸这些内涵物质的含量，这些指标在评价的时候用不着吗？”

我解释：“这些考虑过，数据也有，公开数据就能查阅。比方说老班章、冰岛等名寨的茶多酚含量都在33%附近，但区别并不大，上下也就一二个百分点的水平。真正的差异隐藏在微量矿质元素中，不同土质风味物质不同，从而导致普洱茶形成香气、口感和体感上的风格差异。”

呼吸有道补充：“这一点很重要。如果用茶多酚等对普洱茶进行比较，你会发现可比性很弱，因为数据相差不多。不同山头不同寨子的茶喝起来区别明显，是因为非主流物质的含量存在差异。比方说布朗山的茶，口感普遍苦重涩显，但一换成临沧茶，苦涩劲儿马上就弱了，两种茶的口感差异特别明显。但这种差异不是茶多酚造成的，如果把茶多酚设定成评比指标，各种茶反而区别不开。我理解坤土之木不取茶多酚数据，应该是这个原因。”

春秋小仙：“明白了。如果跟其他茶类比，普洱茶的茶多酚含量会显得非常突出，但同类比就不明显，远不如其他微量元素导致的品鉴差异大。从评价角度出发，土壤矿质元素的作用反而更大。”

我点点头：“是这样。原料方面如果没有什么问题，接下来梳理工艺要素相关指标情况。”

春秋小仙见大家比较安静，便回应道：“看来没什么问题，我现在也没问题，但后面要问一个。”

我接着说：“好，那就转向工艺。普洱茶工艺要分两类讲，生茶工艺的主要环节是：采摘、摊晾、杀青、揉捻、干燥和蒸压；熟茶在生茶毛茶加工完毕（尚未蒸压）的基础上还有湿水、翻堆、出堆、解块、干燥、分级和蒸压。工艺要素跟原料要素相比，经验成分多，几乎找不到纯正的量化指标，多半都只带点数量成分。”

呼吸有道：“嗯，杀青和揉捻几乎纯粹是靠制茶师傅的功夫和经验，没有一定之规。熟茶渥堆虽然讲求温湿度，但也是在收尾时格外重要，中间过程是靠经验。这个环节怎么评价我替你捏把汗，不太好量化。”

花间一壶反倒乐观：“未必找不到办法，这像基金评价里评价基金公司的投研能力，说有数据也没有太直接的，说没数据也能找出一堆外围数据。关键是，能拿到的都是历史数据，但买基金是面向未来，评估投研能力纯靠历史业绩也不太对。评价基金公司投研能力就不能全靠基金业绩，还得看团队构成、行业覆盖面和跟踪频率等经验指标。我觉得坤土之木会找镜像性指标来解决这个问题，就是那种反映反射真实状态的辅助指标。”

我听得频频点头：“是的。不能直接判断就侧面推断，就是用品鉴过程做反推。当然，前提是知道规范工艺形成的品鉴效果，就是要找到品鉴标杆。在有参照的情况下，可以根据品鉴感受对工艺情况进行推断。当然，这对品茶水平的要求比较高，品鉴时要先凝神静心才行。”

“陈放的相关指标。陈放环节指标可量化成分多，相对清晰，总概念是时间越长越好，同时要注意：干仓与湿仓、自然与人工、老仓与新仓、原产地与外地。时长这个关键直接就是数据，其他方面虽然未必是数据，但比较容易转化成指数。不过，品鉴效果对陈放的确认极其重要，因为口感和体感才是终极评判标准。陈放是否符合描述符合预期，必须通过品鉴来确定。因此陈放要素的分析要分两步进行，首先是对陈放过程定量评价，其次是对陈放效果进行经验确认。以上就是三大基础要素的指标情况。”

呼吸有道：“那基于经验的品鉴环节，你准备怎么安排？你的评价体系是以基础要素为主来评价，还是以品鉴效果为主来评价？”

花间一壶：“说得对，基础要素肯定是决定普洱茶质量的科学基础，这三个要素好肯定是好茶。基础好，品鉴效果肯定错不了，那品鉴环节的作用是什么？还有，品鉴效果会在评价体系中占多大比重？”

我表示理解：“我顺势阐述一下对基础要素与品鉴效果的理解。首先，基础要素对品质有决定性影响，三点缺一不可。基础要素与品鉴效果之间的关系，按照传统文化理念应当理解为体用关系：基础要素是本体和本质，品鉴效果是作用和表现；体决定用的同时，用又反映体的状态。”

“虽说按体用关系基础要素处于决定地位，但在茶叶审评中，品鉴效果才是抓手，原料与工艺反而受关注少一些。我理解采用以感官为主的审评方法有两个原因：首先，茶属于饮料的一种，嗅觉、味觉包括视觉对茶叶状态的感知是判断品质的直接依据；其次，绝大多数茶叶属于台地茶，树龄小密度大，茶叶在原料层面虽有差异，但远没有古树茶显著。简言之，由于其他茶类不太考虑陈放，而原料和工艺上的差距有限，因此没必要在基础要素层面多花功夫，直接用品鉴来判断就可以。”

呼吸有道：“对啊，这一点也符合传统理念——司外揣内、由表知里，通过感官来理解或者判断茶叶内质。还有，如果口感不好，哪怕内质再好，估计也没谁愿意喝。听你讲的，貌似你想提高基础要素的地位，降低品鉴的影响？”

我摇了摇头：“那倒不是。我们的评价体系，本来就是站在消费者——品茶人——角度上的创新，茶叶对于消费者来说就是品饮体验，从品鉴角度进行判断肯定是核心，也容易理解。就像我们前面讨论到的那个表达方式，90BBA，不也特地把品饮体验拿出来展示嘛，感官评价肯定是最主要方式。但是，我们可以对主流感官审评方法做一些补充和完善，有两点：一是增加体感维度，这是古树茶的核心特征之一，加上这一条，评价维度才完备；二是用量化指标对原料等要素进行挖掘，为评价提供客观依据，尤其是在评价陈放效果的时候。”

春秋小仙："大致理解了，你希望评价体系仍然以感官审评为主导，但要增加维度和深度，把普洱茶的特点展现出来。"

我点点头："正解。品鉴不仅是关键的消费体验，还是对量化指标的验证，更是对定性指标进行检验的替代方法。因此，评价过程要以品鉴环节为中心展开。"

"换句话说，我不是要彻底放弃茶叶评价的传统逻辑，而是做一些创新和深化，尤其要根据普洱茶做针对性调整。我的评价体系可以这样理解，方法上坚持科学定量分析与经验定性分析相结合，维度上要在传统评价中新增体感和陈放这两点。接下来，我们需要确定不同评价维度的权重。"

"先说一点，我在感官审评方法上有创新，不是讲视觉、嗅觉和味觉，而是用一个相近但更宽泛的方式：眼、鼻、舌、身。鼻、舌、身的概念好理解，分别对应香气、口感和体感，眼的相关环节略作调整，主要针对条索和汤色，其中以汤色为主。"

呼吸有道："这就好接受了。你的评价方式不是离经叛道，只是有所深化，还不错。茶叶评价不能放弃品鉴这个核心，哪怕是葡萄酒评价也是如此吧。我记得帕克评分的维度是四个：色泽及外观、芳香及酒香、味道及余味、总体表现与潜力，都是基于品鉴而来。我接下来感兴趣的是，你会用什么方式把定量指标融入评价中？有了定量指标，品鉴的作用又是什么？"

我乐了一下："嘿嘿，大家讨论得太热烈，我还没展开，你们就已经深入腹地了。让我把品鉴角度的内容介绍完，现在讨论有点跳跃。"

品茗

“在普洱茶品鉴中，在大家熟悉的香气、口感之外，体感是重要一环。香气品鉴上，普洱茶是气香与汤香并重，除了香气纯度、高低和持久三个判断角度，我们还要增加复杂度和穿透力指标；口感品鉴上，生茶以苦涩、汤感、生津、回甘等为主要角度，但熟茶则有专门的‘香甜醇厚滑’五维评价；体感品鉴上，由于体感表现千差万别，评价依据替换为茶气状态，评判指标就是充足性与持久性。”

“毋庸置疑，基于品鉴角度的评价是重中之重。注意一点，普洱茶以长期转化为特色，品鉴之余对普洱茶潜力进行评估也不可或缺。长期转化能力，要从原料和陈放等指标上寻找客观支撑。我们也可以用品鉴对基础要素中的客观情况进行确认。尤其基础要素中的工艺，事先或事中的评价很难进行，只能在事后用品鉴方式判断。我认为，品鉴效果既是消费体验的集中表现，又是基础要素的二次检验。接下来，我们讨论品鉴效果与基础要素之间的关系是什么。”

春秋小仙：“我先发表一点想法。虽然你刚刚在反复解释，貌似还在犹豫，但我猜你应该是有倾向了。刚刚听你们两位把品鉴效果和基础要素的关系翻过来覆过去讲了几遍，我觉得这个事情已经挺清楚了。站在喝茶人角度上，肯定是以品鉴效果为核心评价，当然要增加长期转化这一点。至于基础要素怎么定位，也好办，把基础要素设定为第二评价方法就可以了，从科学角度上对茶进行二次评估——主要就原料环节展开，根据量化数据推断一款茶应该呈现什么样的香气、口感和体感，未来转化空间如何。如果品鉴效果和科学评估结论一致，说明评价很靠谱。如果评价结果有差异，就要挖掘是哪个环节出了问题，工艺还是陈放？然后再看茶值不值得喝。当然，工艺和陈放的问题可能用技术指标也能推测一点，但更主要的应该是用品鉴来判断。经验定性评估和科学定量评估应该是这种结合吧，相互印证，只有评价结果一致或者同步才算通过。”

花间一壶：“有道理，如果把两种方法的顺序调一调呢？先用科学定量方法把评估做出来，再用品鉴方法确认结果是否一致，是不是显得更有科技感？”

呼吸有道：“先做定量分析比较好，倒不是考虑科技感，而是为提高定性评价的针对性。知道了一款茶基础要素指标，我们就可以对品鉴效果形成预判，这样在品茶时很容易感知异常并发现问题。比如一款高海拔布朗山茶，喝的时候发现苦涩不重或者茶气不冲，就是典型的异常，很容易被发现。在定量分析基础上进行定性分析，可以更好地分析茶叶状态，应当定量在先，定性在后。”

春秋小仙：“说得也是，这样等于先用定量方法得出一个理论值，后用品鉴方法得出一个检验值，再根据数值差异进行下一步，最终给出评价结论。这样看，评价过程是一种双重评估，既有科学成分也有经验成分，很规范很可靠的样子。”

我拍案叫绝：“对！春秋小仙，果然有仙气，抓住了要点。我是想让这个评价体系展现双重评估的模样，既有定量也有定性，数据与经验协作。”

“接下来汇报评价维度的设想。在主流感官审评标准中，审评维度有五个：外形、汤色、香气、滋味和叶底，每个维度下又再分甲乙丙三等。考虑到不同茶类之间有差异，各茶类在维度权重上略有调整。以影响力最大的绿茶为例，各审评维度的权重分别是25%、10%、25%、30%和10%，显然外形、香气和滋味这三项是重点。我的评价体系会借鉴这个标准，但有创新，具体是两点：一是增加转化潜力维度，二是降低外形维度权重。评价体系中的维度权重准备这样安排：嗅觉维度（香气）10%、味觉维度（滋味）25%、身觉维度（体感）30%、视觉维度（外形、汤色和叶底）5%、时间维度（转化潜力）30%。”

花间一壶和春秋小仙听完缓缓点点，但没有发表意见。呼吸有道琢磨了一会：“仍然是5个维度，但视觉维度调整比较多，内容虽然增加了但权重反而降低。这个调整跟传统相比变化太大，我要适应一下。站在普通消费者角度上，大家最关心的是入鼻、入口、入胃的感受，形状上不是兴奋点。加上普洱茶基本是紧压茶，外形不像散茶那样完整，重要性是要弱一些。换一个角度想，要增加一个权重很大的转化指标，肯定要压缩其他指标，比较起来也只有把视觉指标权重降低才合适。嗯，这个设想基本符合逻辑。”

双重评价：分值体系与评价协调

评价体系的基本框架初步完成，接下来是分值体系构建，当然，难度也更大。

花间一壶率先发声："接下来该设计具体打分项了吧，既然是双重评估，会不会对同一个打分项形成两个分数？举个例子，口感里有个饱满度，你可能会从原料角度算出一个数字，然后再去品，是不是又得出一个数字？两个结果如果方向一致，但分数有差异，你怎么处理？"

春秋小仙："对啊，这怎么处理？是取平均数还是以哪个分数优先？"

呼吸有道："会出现这种情况吗？虽然是双重评估，但未必会出现同一指标两个分数的情况吧，指标很难那么一致。比方说口感，的确可以用科学方法对原料进行评估，但只能推测大致的口感表现，因为还有工艺和陈放的影响。"

我忍不住插话："你们先别讨论这么具体的细节，等我把进一步的设想报告完毕，再讨论不迟，情况跟你们讲的可能不太一样。"

呼吸有道："我有点想不明白，你会怎样安排这两个评估方式，虽然是双重评估，但也不应该所有环节都评两次吧？"

我笑着补充："不是你们想象的那样，双重评估并不是同一指标评两次。双重评估的核心是把相对客观的科学评价法和相对主观的经验评价法结合，相互配合、协调和印证，两种方法要在各自擅长的领域发挥作用，共同构成对一款茶叶的评价。换句话说，就是要把可量化的内容充分引入评价中，让评价过程更加规范。"

"展开一下，为什么首先用科学评估法？不仅有前面讨论的原因，还有一个重要原因是评价体系需要'守门员'。云南有百座茶山千座山头，茶产量虽然谈不上海量，但是细分茶类太多，数量之大绝不在波尔多酒庄之下。显然我们不可能把所有茶品都拿过来评价，这意味着需要设一道门槛，只有通过门槛选拔才会获得评价。这个门槛，或者说'守门员'，就是由科学评估法来担任。”

花间一壶：“这一点有意义，什么茶都评的话，把你累傻也评不完。这听上去很像我们代销基金的白名单准入。”

呼吸有道对这个不太熟悉：“白名单？我以为只要是业绩好的基金产品，你们都会代销，原来不是。你们的白名单有什么门槛？”

这下搔到了花间一壶的痒处：“这个我熟悉，说几点关键的。你刚刚说的业绩好肯定是一个点，不仅收益率要高，下跌幅度还不能大，私募机构现在有上万家，业绩不好我们连看都不看；再一个是经营历史，必须要有一定的年头才行，太年轻的机构，业绩再好也只是保持观察；还有基金经理从业经历，更是越长越好，至少要经历过一轮牛熊转换；还有其他一些指标。这些合格才会有现场尽调，对关键人物进行访谈，完成定性分析。等综合评分达标，才能正式进入白名单。但这只是第一步，后续我们会对他们进行持续跟踪和评价，再把他们分成重点、普通、观察等几个合作档次。你听听，是不是可以用在普洱茶评价上？这也是综合评估，又有定量又有定性。”

呼吸有道：“你们挑选基金的流程挺细致。有些名词我不是很懂，但感觉这套方法可以用在普洱茶上。客观指标担任‘守门员’比较公允，这样可以把精力集中在拿到入场券的茶品上，做事效率高很多。坤土之木，你的门槛是怎么设定的，说来听听。”

我摇头晃脑了一番：“花间一壶，到底是同行，跟我的想法一致。科学评价必须放在最先的位置上，首先要起到‘守门员’职责，符合条件才能进入下一流程；其次，科学评价也是评价基础，负责给出茶品的理论估值。”

“接下来回答‘守门员’环节的设定。参考基金评价理念，肯定是定量与定性相结合。需要关注的具体指标太多，这里不一一细说，定量评价和定性评价我各用一个例子说明。定量的核心在原料，重点关注茶园所在地区的海拔、降水量、温差和树龄等，具体到海拔，门槛设定是原则上不低于1000米。定性的核心是工艺，重点关注制茶师从业年限、经验丰富度等，从业时间原则上要求不短于5年。一款茶如果不能同时满足这些条件，就不用评价了。上述门槛是最基本的准入条件，符合标准才有可能列入白名单。”

春秋小仙：“我比较关心后面的内容，科学评价的下一步是什么，跟白名单审核有区别吗？”

我点点头：“接下来的过程很简单，就是对着表格进行定位。简单说，会有一个根据评估原则设计的数据折算表，把茶品数据代入其中就能得出相应分值，最后根据权重算出总分。这个表格的内容我构思了很久，是一个复杂的指标体系，大项还是按照原料、工艺和陈放来分，后面再细分。这里单独把海拔分值的设定说一下，根据经验数据统计，我把海拔 1200 米设为 60 分，每升高 100 米分值提升 5 分，2000 米海拔及以上就是 100 分，老班章海拔超 1700 米可以给到 85 分，那款小昔归海拔在 2000 米以上，可以给到满分——100 分。其他指标同理，也有类似折算表。海拔这个指标在天时中的权重是 50%，而天时在原料分项中的权重是 35%。表格填写完毕，科学评价结果也就计算出来了。”

花间一壶：“跟基金评价太像了！这样好，清清楚楚，质量高低一目了然。”

春秋小仙默默地问了一个问题：“问个问题。我猜你肯定考虑到了，但刚才没听你提，就是新茶没有陈放时间，怎么处理？”

我鼓掌回应：“专业！这个问题很重要，陈放环节其实要分成四个状态：当年新茶、新茶、中期茶、老茶。对于还没有开始陈放的当年新茶，陈放权重设为零，而原料和工艺分别占 60% 和 40%。从道理上讲，最好还是评已开始陈放的茶。”

呼吸有道：“嗯，这样说得通。科学评估法到这里就完成了？接下来该是经验评估法上场了吧。”

我点点头：“没错，第一重评估到这里就完成了，后面是大家比较熟悉的品鉴环节，用品茶经验进行第二重评估。这是大家比较熟悉的方式，我简单讲几句。经验评估就是根据品鉴感受打分，具体维度包括权重前面已经讲过，其中滋味和体感的权重比较大，转化的权重也很大，但眼睛鼻子相关权重比较低。这也有一系列的评分表格，香气、滋味和体感需要动态打分，逐泡记录趋势变动。外形和转化这两个维度是直接给出分值。”

呼吸有道：“动态打分，这个不错。普洱茶耐泡度和复杂度远高于其他茶类，如果只喝两三泡，品鉴肯定不到位。”

花间一壶：“基金评价里面有绘制风格肖像的做法，这个会在普洱茶评价里用上吗？”

我乐了：“花间一壶，你还真厉害，我想的你都能猜到。绘制茶品风格肖像这一招，肯定是要用的，它将出现在评估报告上。”

春秋小仙：“风格肖像蛮好，会用雷达图吗？以前做风险评估常用雷达图，数据显得非常直观而且全面。”

呼吸有道对这个不熟悉：“雷达图？听着很专业，看起来不累吧？不少喝茶人对数据没什么感觉，越复杂越有距离。”

花间一壶：“不用紧张，就是一张图，上面没什么数据。它的画法是这样：第一步先把一个圆周按照维度数量进行等分，4 个就分 4 份，5 个就分 5 份，然后把维度名称比如海拔、树龄什么的标在分隔点上；第二步是添加数据，把数据按比例折算以后，标记在从圆心到分隔点的半径上，数据越大越靠外，数据越小越靠近圆心；第三步，把数据用折线连在一起，图就画好了，现在是软件自动处理，把维度和数据输进去就行。这种图形特别直观，能一眼发现数据特点，非常好懂。”

呼吸有道：“明白了，这种图形同时展现一个事物的多种特点，比折线图或者趋势图更能反映情况，不错。你们这些人设计评价体系，真让人耳目一新。我们平常喝茶就是做些简单评论，谈谈各自感受，懂的人觉得不错，不懂的人还是不懂。你们的方法能帮助普通爱好者判断一款茶，哪里是优点哪里是缺点，符不符合自身需求。”

“经验评估法与科学评估法会怎么结合？道理上两者可以相互印证，但两种方法的指标差异很大，有些完全不搭界，怎么实现协调？”

春秋小仙：“是啊，我也觉得困惑，之前以为两个方法重复使用，现在看只能是有的地方重合，这怎么处理？”

我胸有成竹：“现在到关键点了，怎么把双重评价统一起来。有两种方案，一种是平行组合：科学评价与经验评价各占一定权重，两者汇总计算结果；另一种是纵向叠加：科学评价作为经验评价的基础，根据原料推定茶汤水平，如果评价吻合则直接给出分数；如果有显著差异处理起来要复杂一些，先要给出品鉴分数，然后校正科学结果：在工艺或陈放环节寻找差异原因，并进行分数调整。这两种方案都有可取之处，大家看呢？”

花间一壶笑了笑：“你分明有了倾向性，还故意说两种方案，是想让我们替你再论证一下吧？”

春秋小仙奇了：“咦，花间一壶，你怎么知道已经有倾向性了，我没听出来。”

花间一壶：“哈哈，那是你对坤土之木的风格观察不细致。他习惯于低调，他看重的想法会放在后面，先说的反倒不重要。既然是关键点，他肯定已经琢磨了好久，按他的习惯，后面那个方案才可能是看重的。”

春秋小仙：“花间一壶，我就说嘛，别看你平常说这也不在意那也不在乎的，你其实心思细腻。不过话又说回来，说到哪个方案更适合，我的确认为第二个方案好一些。”

呼吸之间饶有兴味：“为什么会觉得纵向叠加的方式更好？”

春秋小仙：“道理很简单，因为消费者取向。对消费者来说，最重要的是消费体验，也就是品鉴感受。科学评估里，数据只是从科学层面说明一款茶的效果可能会在什么区间。但好原料不能保证出好茶，可能会由于工艺或者陈放环节的问题把茶弄坏，这时你讲原料好就没什么意义，科学评估反而不确定。说一千道一万，茶好不好只能以品鉴效果为最终标准。这么看纵向叠加才合适，经验评价是消费确认，科学评价是技术支撑。”

呼吸有道：“同意！完全同意！以我自己为例，跟人喝茶只有喝到好茶，才会去了解山头海拔树龄什么的，如果入口感觉不佳那就没兴趣了。品鉴对应的经验评价绝对是核心，而原料方面的科学评价，起的就是解释支撑作用。”

我露出一副得意神情：“哈哈，花间一壶简直是我肚里蛔虫。大家的讨论非常有道理，说到我心里了，我是更倾向于纵向叠加方案。两个评价方法从各自角度进行评价，纵向使用相互印证。总结一下，以科学评价为依托，以经验评价为表达，就这么定了！补充一点，评估报告上不仅有两种评价的过程和结论，还有动态评估趋势图和雷达图，内容很丰富，茶叶爱好者可以从中看到更细化的评价过程，得到更多的技术细节。”

评价流程：茶文化的传统与现代

关键内容讨论完毕，大家如释重负地喝茶休整。按照我们预先安排，接下是相对轻松的环节——流程与品鉴。

花间一壶开场："今晚我还要听一场机构路演，听听他们对资本市场走势的看法。你看是不是抓紧时间进入收尾环节，这个聊起来比较有意思。"

"我现在理解了，你的评价体系虽说借鉴了很多其他的，但核心源自基金评价。在操作流程上，应该会跟评价基金流程比较相似吧。比方说先要填尽调表之类的，然后再用数据处理软件做些计算？"

春秋小仙："哈哈，听你这么说好像我的日常工作啊，名词太亲切了，从来没想过会把这些放到普洱茶上。"

我摇了摇头："打住打住，大概是这个意思，但别再说了。专业词汇说多了真感觉回到日常工作了，现在是在谈普洱茶。我简单向大家报告一下流程，主要是下面几个步骤。"

"1. 尽职调查，该表格内容比较全面，需要生产商提供基本情况介绍，既有关于茶叶基本要素的，也有关于生产商的。"

"2. 白名单准入，根据生产商数据进行关键指标确认，达不到标准的放弃，达到标准的入白名单。"

"3. 初次科学评价，根据茶品数据进行计算分析，得出科学评估法下的初步结果。"

"4. 初次经验评价，这是最关键的品鉴环节，我设计了一系列品鉴操作方案，等会儿跟大家讨论，品鉴过程中也会形成一系列表格，最终得出经验评估结果。"

"5. 经验评价确认，同样的品鉴过程会再重复一次，以确保品鉴效果的可靠性。还有一点，对于不太有把握的评估项目，还会请水平更高的咨询专家帮我确认。"

“6. 科学评价确认，根据已确认的品鉴体验情况，对双重评价可能出现的差异进行分析和校正，确定科学评价法下的结论。”

“7. 确定评价结论，完成双重评价后，把科学评价与经验评价的结论进行有机结合，形成评价结论：百分制数值和专业评价报告。”

呼吸有道鼓掌：“古人有七杯茶之说，你这是七步评茶。我对流程不太懂，但听上去很专业。”

花间一壶言简意赅：“挺好，没意见，流程中的两步确认法挺有新意，感觉更稳健。”

春秋小仙：“我也觉得挺好。对两个细节比较好奇，一是你还会请咨询专家，会是哪些人？二是品鉴过程会是什么样的？”

呼吸有道：“对啊，刚听你讲咨询专家，什么样的人才能成为你信得过的专家？他们什么时候出场，你又会怎样采纳他们的意见？”

我乐了一下：“没觉得自己水平有多高，虽说还凑合。品鉴的时候，口感和体感是绝对重点，这里的细微之处很多。如果我不能准确判断这些细节，肯定会影响准确度。为此我设计了一个咨询专家库，找了几位大牛担任专家，为评价提供技术保障。具体说，比方在滋味感受上，泉慧的经验和精细化水平绝对在我之上，如果我对某个滋味特点感受不清晰，就会请他帮助确认；再比方说茶气，我的中医老师在这方面绝对数得上，茶气是什么样的力度和速度，他都可以给我提供帮助。对他们意见的采纳要符合品鉴原理，请他们帮忙的部分务必是我不敢下结论的部分，沟通后我会再次品鉴，等我自己能理解才能采纳。”

呼吸有道：“你的专家库计划有几个人啊？”

我想了想：“目前有 4 位，2 位骨灰级爱好者，1 位中医名家，1 位传统文化大家。他们的共同特点都是茶界大牛，但又不是茶行中人，客观性和公允性可以保证。”

呼吸有道：“嗯。接下来是不是该谈谈你的品鉴方案了，这可是经验评价法的关键所在，灵魂所系。”

春秋小仙：“是啊，你会用什么方式品茶呢？总不可能用办公室喝法吧。如果是专业喝法，你会用哪个流派的方式？这下该到茶文化的范畴了。”

我点点头："的确如此，品茶是多数人理解的茶文化焦点。而我对茶文化的观点你们都知道，顺其自然不强求——既不大力提倡，也不刻意贬低。茶文化有不同层次，茶艺手法算是茶文化的一部分而已。茶文化，既有纯粹生活的一面，也有艺术层面的表现，更有修身养性的内容。我比较心仪的观点是，茶文化要根据喝茶人的情况逐渐深入，在茶文化空白阶段，中高阶茶文化只需要了解一二即可。换句话说，多数人最重要的是了解生活实用层面的茶文化，即生活与茶的关系：为什么要喝茶？喝什么茶？用什么工具喝茶？"

"从茶叶评价角度看，采用什么流派的手法并不重要，当然我也不会什么流派，没什么发言权。但我会从茶气体验角度上，确定一个品鉴规范。所有操作的前提都是一个静字，唯有静气凝神品茶，才能品味茶汤细微。"

花间一壶："你铺垫得差不多了，讲讲具体怎么品鉴吧，我们正好跟着学习学习。品鉴操作肯定是你的深入总结，你稍微仔细一点讲，我们观摩观摩。"

我微微一笑："好。我仿照茶圣的逻辑，品鉴操作有如下关键点：茶之器、茶之水、茶之备、茶之饮。首先是茶之器，茶器主要有煮水器、泡茶器、煮茶器和品茗杯等几样。煮水器我会选择使用银壶——会增强水的活性，提升茶叶析出物浓度；泡茶器是 5 把紫砂壶，分别对应当年新茶、新生茶、中期茶、老生茶和熟茶；煮茶器则统一使用陶壶，普洱茶品鉴应以煮茶收尾，不能以闷泡方式结束；品茗杯则以传统工艺钧瓷杯为主，对于新生茶可选择使用其他柴烧杯。"

"水为茶之母，水对茶汤效果的影响之大怎么形容都不为过。茶圣认为泡茶以'山水为上，江水中，井水下'。从这个角度上，我准备选择一款知名矿泉水品牌作为煮茶用水，确保同一个地点品鉴时水源地不变。"

"准备工作是一个特殊环节，不是器物准备，而是身心准备。说起来很简单，就是静心凝神的过程——正坐姿势调息二十分钟。我有一个不错的经验，心态越静，茶汤和茶气的体验越清晰，这一步是品鉴前的必选项。"

"然后是品饮过程，这个反倒没什么要多说的。简单强调几点：首先，品鉴时间设定在15点到17点，属于足太阳膀胱经当令的阶段，正好饮茶排毒，这个时间段貌似跟下午茶时间相近；其次，回避节气日，节气是天地气机交换的日子，对茶气体验有影响；再次，茶友参与不超三人，以人少气场相合为上；另外一个就是身体状态正常，不能太过疲劳或者酒肉过量。”

“还要补充一个情况。按照上述标准流程品饮之后，还要用便携式茶具再次品饮。这就是我反复强调的，茶文化的生活层面一定要现代化日常化，跟生活贴近才好。我会把便携茶具的品茶状态记录下来，品鉴效果也会在评价报告中稍加提示。”

呼吸有道：“这个品鉴过程很好，既有符合品质要求的方式，也有符合快节奏生活的方式，果然是传统与现代的结合。在我看来，正坐调息才是你的关键诀窍，只有在心比较静的时候，才能捕捉茶汤精微，从茶气中受益。这一步操作，充分反映了你的品鉴境界。据我所知，品茶师在这方面似乎没有专项训练，只是对口鼻感知能力比较在意。不过这也正常，茶叶感官审评对茶气没什么要求，静不静心的区别不是很明显。茶气和体感，会成为这个普洱茶评价体系的关键之处。”

呼吸有道话音刚落，花间一壶和春秋小仙不约而同报以掌声。

试评茶品七八款

茶，到底有什么功效，值得我们如此孜孜不倦地追求？秦汉时，人们说茶是万病之药；唐宋以降，人们说茶既是提神醒脑之饮，更是修心养性之助；当下看待茶的观点更为多样：绿色有机饮料、健康功能饮料、有味爽口饮料。我理解的茶功效是：解渴、好喝、有点用！功效，才是评价的真正标准。我用这套基于消费者角度的新评价体系，为大家展示如何对一款茶进行品鉴和评价。

我的普洱茶评价体系虽然初稿已成，但远远谈不上完善。通过实践发现问题，是改进和完善的最佳方法。有鉴于此，我选择茶品进行了一组评价实践。

从布朗山开始：贺开新茶与中期老班章

地点：木子理茶舍＋云上茶会

人物：坤土之木、呼吸有道、春秋小仙、花间一壶

申时，又一次云上茶会。

今天是普洱茶评价体系的首秀，大家都有些兴奋。不得不承认，仪式感就是有效果，让平常事物变得值得关注和投入。今天备了两款茶，都来自勐海茶区，一款贺开千年单株，另一款中期老班章。勐海茶一向以茶气强劲闻名，老班章更有“普洱茶之王”的美誉，因此我选择勐海茶作为首批评价对象。

正坐调息，是品鉴前的身心准备。为保证准时开启品鉴，我提前从下午 2 点半即开始静坐。实话实说，此前心绪有些兴奋，20 分钟正坐让我静了下来，这对品鉴来说至关重要。

春秋小仙主动提出担任评价助手，花了不少时间完成了尽职调查工作，两款茶均以指标远超门槛的大牛姿态进入白名单。正式开品前，春秋小仙简要通报茶品基本情况：

茶品名称：贺开千年

生产厂商：某某某某

所属茶山：贺开

所属村寨：曼弄老寨

行政隶属：云南省西双版纳勐海县勐混镇贺开村委会

平均海拔：1750 米

平均气温：17.6℃

年降水量：1300 毫米

原料年份：2021 年

树龄分布：800 年以上

采摘方式：单株单采

贺开单株

春秋小仙宣读完基本资料后，提高音量说道：“茶品推荐人：泉慧、坤土之木!”

呼吸有道饶有兴味：“推荐人？评价一款茶不光有白名单准入，还有推荐人这个环节？”

我一边煮水一边回答：“这是我们的惯常打法，你看木子理茶会入会也需要两名推荐人。普洱茶品种实在太多，没有星探帮忙光靠我自己肯定不行。尤其很多茶仍然是‘养在深闺人未识’，更不容易被发现。另外，推荐人不仅能帮我发现好茶，还能起到预筛作用，没人推荐就不评价。”

花间一壶：“听上去有些道理，什么人有资格成为推荐人？”

春秋小仙：“你是不是关心你够不够资格？我觉得你不一定行，我之前试着申请了，结果说还是先当助手吧。你水平虽然比我略高，但也够呛。”

花间一壶郁闷了：“我没奢望成为推荐人，但你这么一说，就算之前还有点机会，这下也没戏了。不过我的水平实在有限，连茶山都没去过，当推荐人确实不合适。到底什么样的大牛才能当推荐人？”

我赶紧接过话头：“能成为评价体系推荐人的，肯定得有相当水平才行，可以是老茶客，或者茶文化研究者，也可以是茶学专家。主要有这么几个要求：八年以上品茶史、熟悉新茶老茶、熟悉普洱茶制作工艺、熟悉茶山及生态等。”

呼吸有道：“条件不算高，也不算低。银壶里的水快开了，是不是准备开始？”

我伸手拿起茶样在摄像头前展示了一番，然后开始认真观察。

少顷，我发表意见：“这款茶没有压饼，条索紧结匀整，油润度好，线条优美，洁净显毫。春秋小仙，外形可评最高等。”

呼吸有道：“没有压制的茶，看条索的确方便。但如果压成铁饼或者是茶砖的话，撬茶容易把条索弄断，不撬又只能看表层，会不会不利于外形评价？”

我点点头：“的确如此，所以外形权重非常低，基本不会影响对品质的评价。下面开始泡茶，请保持安静。”

5 克茶，160 毫升小品朱泥壶。

心绪平静，我从容温壶、投茶、醒茶、出汤……

热嗅第一泡，标准兰花香。可能是醒茶效果比较好，花香展现得很充分，清雅柔和，沁人心脾。入杯温嗅，香气稍有散弱，但仍清晰，闻了几闻，耳后似乎出现若有若无的气感，这是高树龄茶应有的状态。随后将公道杯倒空冷嗅，没有热气干扰，兰花香气显得更加清晰，绝对属于上上之选。我示意春秋小仙：“香气 A，后面汤香如果也是这个水准就牛了。”

第一泡，标准的苦重涩显，但比老班章好入口，茶汤饱满圆润，内容物非常丰富，入喉顺滑舒适。我示意：“第一泡：苦涩度 80，饱满度 90，顺滑度 80，回甘和生津尚不明显。”

第二泡，苦涩转化明显，茶汤饱满度惊艳，入喉更趋顺滑，生津与汤香稍有显现，回甘若有若无，茶气走到后背肺俞附近。我示意：“苦涩度 60，饱满度 90，顺滑度 85，生津 60，体感 60。”

第三泡，苦涩逐渐淡去，茶汤更为饱满圆润，水路细腻顺滑，生津明显，回甘出现，茶气十足，已经升腾至耳后与前额。我示意：“苦涩度 30，转化速度很快，饱满度 95，顺滑度 90，汤香 60，生津 60，回甘 60，体感 70。”

……

第十泡，初时的苦涩无影无踪，茶汤饱满度稳定，汤香显著，水路更趋细腻，生津仍然不错，回甘令人印象深刻。茶气开始全面表现，由于是新生茶，茶气主要充盈在上半身，我右肩曾经受寒，茶气在肩背部位的流通让肩膀顿感轻松；同时，茶气又从肝经和膀胱经等不同路线注入眼睛，视物明亮清晰，十分舒适。我示意："苦涩消失，饱满度90，顺滑度95，汤香90，生津80，回甘90，体感90。"

……

第十五泡数据记录完毕后，我结束了这款茶的品饮。强劲的茶气让我多处细汗，周身轻松，初夏的闷湿不适一扫而空。我把茶叶倒出鉴赏茶底，叶片果然肥壮硕大，活性十足。

呼吸有道："记得以前品评古树熟茶的时候，我们就用过这个方法：逐泡记录指标数据。当时是几个人一起打分，虽然每个人起始分给的不一样，单看数值有点乱，但看走势却基本一致。"

我点点头："对，就是当年那个做法的翻版。只不过这次就记录我一个人的感受，省得众口难调。"

春秋小仙："基础数据我已经填上了，也检查了一遍，这款茶得分不错哎。不过这只是初次经验评价，还要等你复核一次。"

花间一壶："评价确认不能用程序马上算出来吗？还要继续加工啊？"

我笑了一笑："为了保障评价尽量严谨，我要根据刚刚的数据，对初次科学评价的结论进行印证。如果有不合理的地方，我还要再喝一次来确认。等两个方法都完成确认，我才能给出最终分数和评价报告。"

花间一壶："你的评价过程越严谨，可靠性就越强，就越经得起检验。这样的评价，才能被大家所信任，我支持你！"

我不好意思了："努力，尽量弄得像样点。今天的品鉴会就到这里，我还要继续感受茶气后续，完善体感评分。感谢大家支持，明天品评老班章再会！"

地点：木子理茶舍＋云上茶会

人物：坤土之木、呼吸有道、春秋小仙、花间一壶申时，依旧云上。

春秋小仙很关心评价结果：“坤土之木，怎么样，昨天的贺开千年评分结果如何?”

呼吸有道和花间一壶也露出一副很期待的神情。

我很兴奋：“评分非常好，91BAA。香气和滋味严格来说属于 A -，但体感和转化潜力都是 A +。能上 90 分，就是不得了的好茶。”

春秋小仙有点失落：“才刚过 90，我还猜能不能接近 95。看来你的评价体系比较严苛，这么好的千年树龄茶只是刚过 90。那我们平常喝的那款贺开古树茶，估计能给多少分?”

我回忆并比较了一下，思忖着说：“粗略估计是 85 分上下，饱满度和茶气上会有一定差异，其他方面相差不大。”

春秋小仙：“好吧，看来贺开的品质就是准一线。”

呼吸有道：“印象中你会用便捷茶具再喝一次，记录办公环境下的品饮效果，后来喝了吗?”

我嘿嘿一乐：“喝了，昨天我接着用玻璃飘逸杯喝了一道，茶量放了 8 克，也试了 15 泡。味道变化少了些，饱满度下降，体感稍有减弱，总体是打八折的效果，还算不错。搞笑的在后面，两道茶喝完都没舍得扔，干脆合一起炒鸡蛋吃了。这下倒好，两道茶的茶气全部入体，又足又持久，一直是升发状态，弄得我炯炯有神，神采奕奕。”

“我正好借精神头，完成了评价结果的复盘、调整和确认，最终评分就是这么来的。茶气效果很强，我特意忍着没用熟茶往下收，结果到晚上 12 点还是很清醒，没办法喝了点老熟茶才勉强把睡意找回来。”

花间一壶：“看来先喝生茶，再喝熟茶的顺序挺重要，不仅是寒热的中和，还有升降的协调。不少人喝新茶睡不着，以后得跟他们灌输一下生茶熟茶搭配使用的概念。”

春秋小仙：“暖场话题差不多了，是不是该开始品鉴中期老班章了?这可是茶王。”

我也认为气氛到位了：“开始吧，老规矩，还是先请你给大家介绍一下这款茶。”

春秋小仙早已就绪，便向大家宣读中期老班章的基本情况：

茶品名称：老班章

生产厂商：某某某某

所属茶山：布朗山

所属村寨：老班章

行政隶属：云南省西双版纳勐海县布朗山布朗族乡班章村委会

平均海拔：1800 米

平均气温：18.7℃

年降水量：1341—1540 毫米

原料年份：2006 年

古树比例：70%

采摘方式：混采

陈放经历：2006—2015 年昆明干仓

2015—2021 年北京干仓

2021 年至今，入罐醒茶

班章古树

推荐人：泉慧和川普

花间一壶："这款茶只有 70% 的古树，不算纯古树料啊。"

我还没来得及张嘴，呼吸有道接过话头："这个我可以帮忙回答。古树纯料概念大约在 2009 年正式出现的，之前没有类似当下的纯料概念。当年的茶虽然不是一口料，但也不会把台地茶拼进去，一般是古树、大树和小树混采。像这款茶标记为古树料 70%，可以说主体是古树料，绝对算得上好原料。"

我将茶荷举起给大家展示茶样，呼吸有道乐了："是茶砖啊，压得这么紧，看你把茶撬成这样，是不是用锤子砸的？"

我苦笑一下："差不多，茶砖压得太紧实，普通茶刀根本弄不开。后来我动用了重武器才搞定，累了一身汗。茶样没什么看头，如果把外形当成重要参数，这茶的分数就惨了。幸亏在评价体系里，外形、叶底和汤色加在一起才是个次要参数。”

第一泡，中期茶气息顿显，老班章新茶第一泡苦涩度通常在90分，但这款茶的苦涩度低到无法跟老班章相联系，最多有50分。转化速度非常快，茶汤下咽不久苦涩就开始转弱。茶汤润度非常好，相比新茶明显变厚。一向以霸烈著称的茶气，居然表现得如此温和，让人惊奇和惊喜。香气变化也很明显，不复新茶时的清香宜人。

第二泡出汤，依然令人惊奇，苦涩度进一步下降，化苦为甜后甜度清晰可辨，喉韵与回甘渐次呈现。茶气入体深度明显增加，不再是以体表为主的情况。

……

第十泡，茶汤透亮明净，进入一种均衡协调的状态。茶气通达四肢，气血运行活跃，周身舒张。春秋小仙记录完分数后惊叹：“哇，这一泡的各个指标得分都很高，是茶汤的巅峰状态吧。”

……

第十五泡，茶汤状态开始回落，但喉韵和回甘仍然保持高位，茶气充足且持久。报完这一泡的分数，我将叶底倾出，叶片果然被暴力撬茶弄得有断有碎，完整叶片极少。我找出一根叶梗捏了捏，弹性十足，显然当时是上好鲜叶。

花间一壶：“你接下来要完成复核确认，今天的观摩环节差不多了？”

我点点头：“对，品鉴就到这里，煮茶状态我稍后告知春秋小仙，你们就不用眼馋了。”

呼吸有道：“稍等，我多说一句。这款茶是公认茶王，优点是确定的，我关心这款茶有没有不满意的地方？方便讲讲？”

我诧异一下：“高！这款茶总体表现符合预期，但有一个小缺憾——转化效果未达预期。按时间推算，这款茶应该转化更多一些，但品鉴起来有所不如。这就是经验与科学相互印证的价值，能发现隐藏问题。出现这个情况应该是两个原因：一是在北方干仓放了六年，湿度影响转化效率；二是茶砖压得过紧，透气不足，氧化不够。最近这一年是被撬开后放在紫砂罐中，效果有一定提升。我在想是不是把茶发到普洱的茶仓去，这茶这么紧，可以再放几十年。按今天的品饮效果推测，这款茶很可能在十几年后成为顶级牛茶。”

临沧茶区寻好茶：岩生璋珍与冰岛老寨

地点：木子理茶舍＋云上茶会

人物：坤土之木、呼吸有道、春秋小仙、花间一壶

申时，依旧云上相约。

呼吸有道关心评价结果：“坤土之木，上周的中期老班章评分多少？”

春秋小仙和花间一壶闻言也都睁大了眼睛。

我马上回应：“评分很好，94BAA。香气严格意义上是 A－，但滋味、体感和转化潜力都是 A＋。差一点点到 95 分，是卓越好茶，如果不是北方仓影响转化速度，可稳稳取得 95 分这个标志性分数。这款茶没用飘逸杯喝，我觉得有点不尊重，喝一线好茶还是要讲仪式感。”

呼吸有道：“这个分数既意外也不意外，这么好的一款茶，原料和工艺都没得说，没到 95 分有点可惜。但毕竟陈放环节有遗憾，没有达到应有状态，分数受影响也说得通。”

花间一壶：“一款茶能放几十年，越往后陈放的影响越大，即便是同年产品也可能差异巨大。这样单独靠科学评价就未必准确，一定要根据茶汤表现来评价。”

我有些犹豫：“这道茶评价过之后，我对评价体系倒多了一些担忧。老茶有点复杂，甚至是有点麻烦，风险点太多，评价起来不容易。我觉得应当以新茶为主要评价对象，陈放履历清晰的中期茶也可以适度评价，但老茶要少评才好。”

呼吸有道态度鲜明：“同意，我对你打算评老茶的想法一直保留意见，就是因为那些风险。另外，你喝老茶虽然比我多，但也不算常态，论经验

肯定赶不上新茶和中期茶。我强烈建议你慎重考虑评老茶。”

我深吸一口气：“好，我再考虑考虑，老茶到底要不要碰。”

花间一壶：“进入正题吧，今天是要评岩生璋珍？我最近天天喝，很关心这款茶分数会如何。”

春秋小仙见状开始通报基本情况：

茶品名称：真岩珍味

生产厂商：某某某某

所属茶山：邦东山

所属村寨：璋珍村

行政隶属：云南省临沧市临翔区邦东乡璋珍行政村

平均海拔：2200 米

平均气温：13.5℃

年降水量：1500 毫米

原料年份：2021 年

树龄分布：300 年以上

采摘方式：挑采

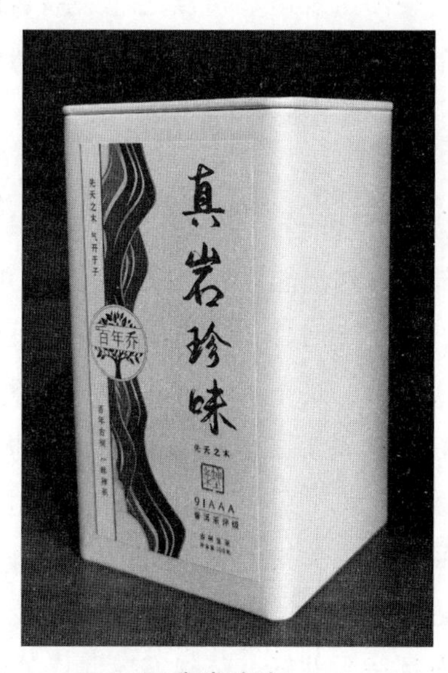

真岩珍味

推荐人：泉慧和坤土之木

花间一壶：“这款茶真是令人喜出望外。原来一直叫它小昔归，岩生璋珍这个名字也挺好听。说实话，你们选的料真好，不愧核心产区古树纯料。”

我颇有一些得色：“这款茶泉慧兄跟了好几年，我也是被2019年的茶打动。这茶越喝越特别，越喝越有吸引力，这才给我们茶友会定制了一批。原料选择上真下了功夫，璋珍古茶园的分布范围很广，从海拔1600米向上一直延伸到海拔2500米。最终选定海拔2500米附近的一小片古茶园作为核心产区，挑采大树龄古树采摘原料。这片茶林不仅有海拔极高的优势，而且林中岩石四处散布，是罕见的砂岩土质。”

我开始煮水，同时向大家展示散茶茶样，外形不错。

第一泡，临沧茶经典风格——香气迷人！不论热嗅、温嗅还是冷嗅，这一泡茶汤的花蜜香都表现不错，当然跟冰岛老寨比还是稍逊。很快，香气呈现入体效果，头部出现微弱气感，这非常难得。

我慢慢品了一口，闭目感受第一泡茶汤。略苦微涩，与勐海茶迥然不同，这款茶对大多数人来说适口性很好。

第二泡到第三泡，茶汤变化明显，苦涩仅剩一丝，甜度出现，生津与回甘略有。最惊艳的是茶汤出现清润清新之感——岩韵，给人清爽的舒适感，这在普洱茶里是罕见状态。茶气入体的感觉也清晰起来，猛然意识到茶气已贯通身体，从头到脚都能感觉到微微热感。

第四泡到第五泡，苦涩尽去，甜度与回甘齐飞，茶汤饱满，生津迅速，入喉顺滑，叠加愈发清晰的岩韵，此茶品饮效果堪称典范。茶气从足部向上到腰部再到背部，一路温热之感，细汗不断，身体舒张。

随后几泡，汤感、生津、回甘和喉韵都保持了很好的稳定状态，甚至还有一丝提升。最让我兴奋的是茶气，从头部向前下降到胸腹，体感不再是温热和细汗，居然有一股清凉之气。这股清凉在梅雨天显得格外美妙，胸中的烦闷被一驱而散！

第十泡，生津与回甘成为关键，如果只熟悉勐海茶的话，很难想象这是一款普洱茶。茶气更为发散，遍及全身，四肢感受也清晰起来。茶气太棒，不仅走势特别，而且持久性好，茶气震撼取代了岩韵冲击。

第十五泡，茶汤仍有余力，茶气效果更不必说，冲击力仍然清晰可辨，估计能持续相当长时间。

看完叶底我感慨："虽然喝过，但从未如此认真品过。典型的临沧风格，叠加石骨岩韵，口感令人印象深刻。茶气表现堪称惊艳，我甚至对茶气走向的复杂性产生了疑惑，有点吃不准，看来需要求助外援了。"

呼吸有道："你准备请哪一位大牛出动帮你确认茶气？"

我露出得色："茶气外援自然是中医大家——三宝老师。我这就发茶样给他，请他品评。这茶有点复杂，我稍后复核确认，但茶气状态不能确定，今天出不了结果。"

花间一壶："终于碰到一款有难度的茶，居然让你判断不了。"

我也无奈："没办法，功力不够。今天就到这里吧，明天继续——冰岛老寨！"

地点：木子理茶舍 + 云上茶会

人物：坤土之木、呼吸有道、春秋小仙、花间一壶

申时，云上。

我开门见山："昨天的评价基本完成，就等茶气分数了。"

花间一壶："能不能剧透一下，目前分数怎么样，等茶气分补上可能会到什么位置？"

春秋小仙："你手里有贺开单株，是不是想知道跟岩生璋珍比哪个更好？"

我微笑："不好说谁一定更好，分数可能相差不大。如果岩生璋珍符合我的判断，那茶气分会高过贺开，但岩生璋珍的加工工艺有瑕疵，又会拉低一点分数。请稍等几日，待茶气分确定以后再看。今天，我将品评2013年混采冰岛老寨。"

春秋小仙照旧先通报茶品基本情况：

茶品名称：冰岛

生产厂商：某某某某

所属茶山：西半山

所属村寨：冰岛老寨

行政隶属：云南省临沧市双江县勐库镇冰岛村委会

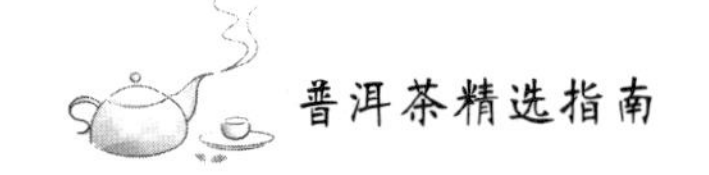

平均海拔：1750 米

平均气温：17.1℃

年降水量：1700 毫米

原料年份：2013 年

树龄分布：100 年以上

采摘方式：混采

陈放经历：2013—2021 年昆明干仓

2021 年至今，入罐醒茶

……

推荐人：泉慧和坤土之木

我感慨："虽说是混采，但也不同凡响，冰岛一环出品。"

花间一壶："一环？难道冰岛分好几环？"

呼吸有道："这种简单问题我来答。冰岛概念可大可小，往大说有一个'大冰岛茶区'，也被称为'冰岛四环'。四环具体分布是：冰岛一环，特指冰岛老寨；冰岛二环，指'冰岛五寨'中的其他四寨：地界、南迫、坝歪、糯伍；冰岛三环，再加上小户赛和磨烈；冰岛四环的区域比较大，要加上大忠山、河边寨、正气塘、包麦地等村寨。四环内的茶叶都可被称为冰岛茶，但在茶客心中，惟有冰岛一环的才算纯正。价格是最直白的表达，一环茶价格巨贵，越往外环走价格越优惠，四环茶价格就比较友好了。可惜是云品茶，不然我们也可以享受一下冰岛一环茶。"

我宽慰大家："不急，等线下约茶的时候，我一定带这款茶让大家尝尝，以表谢意。"

第一泡，热嗅便让人精神一振，就是一个"好"字。一股浓郁的花蜜香，香气宜人更袭人。岩生璋珍虽然也有类似香气，但冲击力远远不如。这款茶虽说已有 9 年茶龄，但香气浓度仍居高不下，估计新茶时的香气比绿茶都不弱。温嗅与冷嗅同样让我赞叹不已，进一步强化了香气袭人的突出特征。

茶汤入口，略苦微涩，适口性极佳。茶汤清润感不明显，但饱满度上佳，这既有基础条件的优势，也有转化效果的原因。茶汤入喉，汤香冲击明显，气香叠加汤香，感觉非常美妙。

第二泡，苦涩迅速转化，饱满度依旧，生津与回甘出现，入喉开始顺滑。茶气入体从后背向上升腾，以茶气力度和速度看，茶中古树比例相当高。

第三泡，苦涩更显微弱，滋味与口感突出，几乎没有不适感。生津速度快，津液很快遍及口腔。甜度更为显著，与回甘相互映衬，非常美妙。茶气从耳后头顶不断推进，眼睛开始出现舒适感。

第五泡，“茶后”本色呈现：无论气香还是汤香，无论饱满度还是顺滑度，无论生津还是回甘，都表现出极高境界——90分起，并且仍处于上升状态。茶气与体感表现同样卓越，从背部、头部再到胸腹，茶气活跃而充盈，一种难以言表的舒适感逐渐扩散。

第十泡过后，茶汤巅峰时刻到来，口中满是经典冰糖甜。要知道甜味会刺激大脑分泌多巴胺，让人产生快乐幸福的感觉。喝普洱茶有愉悦感，想必与甜度有莫大的关系。我喝过的普洱茶不在少数，目前还没有发现哪款茶能超过冰岛老寨的甜。茶气入体的舒张感，与心情的愉悦感交相呼应，这种身心愉悦的状态实在美妙。此时映入脑海的是《神农食经》中的名句：“茶茗久服，令人有力，悦志”，古人诚不我欺！

第十五泡了，我本想继续。花间一壶按捺不住：“坤土之木，你一般也就喝到十五泡吧，还要继续？光你自己享受，我们只能眼巴巴地看着，是不是有点太残忍了？”

呼吸有道和春秋小仙也跟着表达不爽。

我翻翻白眼：“好吧，也足够评价了，云上环节就到这里吧。我再把后续工作弄一下，你们几位先撤吧，下周继续相约。”

普洱茶区论普洱：皇家茶园之困鹿山

地点：木子理茶舍＋云上茶会

人物：坤土之木、呼吸有道、春秋小仙、花间一壶申时，云上相约。

大家对岩生璋珍的茶气评价结果很关心，刚刚互相打完招呼，就不约而同发问：

“坤土之木，三宝老师什么意见？”

“岩生璋珍跟贺开千年比谁分数更高？”

“岩生璋珍的评价结果出来了吗？”

看来这岩生璋珍实在让人牵肠挂肚，这几位发现他们同时在发问，一愣之下也笑了，这气氛以前不多见。

花间一壶接着催促：“坤土之木，别卖关子了，赶紧披露信息。”

我微笑：“大家听好了，岩生璋珍的评分是：91AAA！三包老师说这款茶的茶气的确罕见，能够一茶通五脏达六腑，他也觉得惊艳。剧透一下，三宝老师居然问我讨要了几饼岩生璋珍，说等几年再喝。”

大家一片欢呼，春秋小仙：“这个分数够高啊，我都快被这款茶迷住了，太好喝了。”

呼吸有道：“冰岛老寨呢？分数多少？”

我郑重点头：“这款冰岛老寨虽说是一环出品，但毕竟是混采，比不上纯料那么有威力，稍显欠缺。分数评定结果是：94AAA！”

花间一壶：“95 分就那么难吗？喝到现在，无一例外都是好茶牛茶，居然一个都上不了 95？”

我撇了撇嘴：“95 真的很难，必须绝大多数指标都趋近顶配才行。这次评的老班章和冰岛老寨分数最高，但一个受陈放经历影响，一个受原料混采影响，都算不上真正顶级。”

呼吸有道：“说明你的评价体系靠谱，不是名气大就肯定如何如何。对了，今天评哪款茶？听你电话里的意思也是一款牛茶。”

我笑而不语，示意春秋小仙通报茶品基本情况：

茶品名称：坤鹿山

生产厂商：某某某某

所属茶山：困鹿山

所属村寨：困卢山

行政隶属：云南省普洱市宁洱哈尼彝族自治县宁洱镇宽宏村委会

海拔高度：1640 米

平均气温：23℃

年降水量：1500 毫米

原料年份：2022 年

树龄分布：500 年以上

采摘方式：挑采

“坤鹿山”

推荐人：坤土之木和生姜

呼吸有道惊叹：“哇塞！困鹿山皇家古茶园的 500 年古树，这太牛了！”

花间一壶对困鹿山了解不多：“这茶很牛吗？我没怎么听说过，不过看呼吸有道的样子，应该是比较牛。”

呼吸有道：“你们是搞金融的，用价格介绍茶最简单。500 年树龄，在困鹿山属于一级古茶树，这两年 1 公斤干毛茶的价格应该是 4 万—5 万元，比老班章贵多了，跟冰岛老寨的价格也相去不远。而且，能弄到保真的困鹿山一级古树料，本身就不容易。可惜啊，今天是云茶会，不然就能尝到了。”

花间一壶：“有点印象了，是说在云南有三大皇家古茶园，茶叶品质都特别牛。原来困鹿山就是其中一个，那应该是不错，不过价格真够贵。”

闲聊到此告一段落，品饮开始。

茶样是没有压饼的散茶。困鹿山不光只有大叶种，也有中叶种和小叶种，但以中小叶种为主。之前没注意叶片大小，今天我仔细观察了一阵，确认是大叶种。总体而言，条索油亮显毫，外形得分上佳。

我对这款茶也觊觎很久，现在终于要尝了，也有些小激动。猛然意识到心绪有波动，赶紧深呼吸调整，等心神平稳下来，银壶中的泉水也沸腾了。由于是当年新茶，水温不宜过高，我把开水倒进公道杯中降温一阵后才注水。

照例是热嗅、温嗅加冷嗅，香气很特别，近似兰花香但更加浓郁，又未达到临沧花蜜香的浓郁程度。

第一泡，苦味与涩味俱全，虽然没有勐海茶威猛，但又比临沧茶强烈，处于两者之间。汤香清晰显现，确定比老班章和贺开浓烈。茶汤饱满度一级棒，估计等后几泡滑度上升后，会出现珠圆玉润的状态。

第二泡，苦涩退一层，茶汤非常饱满，内质极为丰富。生津与回甘也稍稍显露，顺滑感略增。一级古树茶的底蕴通过茶气呈现，茶气尽管不霸道猛烈，但劲头十足，后背已经温热，并迅速推动到耳后与前额。相比之前喝过的几款，这款茶的茶气更为大气磅礴，是浩浩汤汤的感觉。

第三泡，苦涩更趋弱化，茶汤呈现珠圆玉润的苗头，汤质厚实给人非常有料的满足感。茶汤非常一致且纯粹，没有杂气相混，这款茶果然与介绍情况名实相符——古树纯料。气香与汤香都达到相当高的境界，闻香便有心旷神怡之感。茶汤本身无论生津与回甘还是滑度与喉韵，都表现出上升状态以及上佳协调性。茶气在保持躯干部活跃的同时，开始向手臂扩张。手背三焦经与大肠经部位出现温热感，这茶气状态让我联想到“九阳神功”那种连绵不绝、源远流长的感受。

……

第十泡，坤鹿山已在巅峰保持了一段时间，茶汤与茶气都达到极高状态，似乎比之前品评的茶都更美妙而协调。在口感得到充分满足的同时，体感也极为舒适。尽管汗水流淌稍稍嫌多，但充分消解了梅雨季的湿闷，此刻的我全身舒张且通透，在炎炎夏日中感觉十分良好。

在我用各种赞美之词表扬过这款茶后，线上几位纷纷白眼直翻，一个都不搭理我。我仔细一看，原来都是爱恨交加的复杂表情，咬牙切齿的样子。

我赶紧见好就收："品饮环节就到此结束，多谢几位捧场，明天再见！"

地点：木子理茶舍+云上茶会

人物：坤土之木、呼吸有道、春秋小仙、花间一壶

周日，申时，云上依旧。

坤鹿山明显超越了之前的茶品，大家对这款茶的心理预期比较高，并且对评分有惊人的一致判断：

"坤鹿山的分数是不是有评分以来最高的？"

"昨天的茶肯定能到95分吧。"

"坤鹿山的评分肯定能越级，应该符合皇家茶园的尊贵身份。"

我不由连连点头："大家感觉都很准，坤鹿山的确打破了纪录，最终评分：96AAA！"

线上几位都情不自禁地兴奋鼓掌，看来见证一款顶奢茶品面世是件很令人激动的事情。

呼吸有道："真不容易。评了这么多款茶，甚至还包括老班章和冰岛一环这样的顶牛，居然都过不了95。我们知道95分是超级分水岭，越过就是第一等好茶，但也不能一款都见证不了吧。上次你对坤鹿山的评价是罕见的高，我们才产生了期待，今天答案揭晓也算满足了一下。有机会我得尝尝这款困鹿山一级古树茶，太令人期待了！"

花间一壶："喝的时候别忘了把我也叫上，我也得尝尝这种超级牛茶。坤土之木，今天准备品评哪一款茶？"

我露出一丝神秘之色："今天的茶款估计会出乎大家意料，下面有请春秋小仙向大家透露基本信息。"

春秋小仙努力抿了抿嘴，一副辛苦压制笑意的模样，我也努力忍住不出声。正在大家诧异之时，春秋小仙一本正经地播报基础信息：

茶品名称：困鹿山

生产厂商：某某某某

所属茶山：困鹿山

所属村寨：困卢山

行政隶属：云南省普洱市宁洱哈尼彝族自治县宁洱镇宽宏村委会

海拔高度：1600 米

平均气温：23℃

年降水量：1500 毫米

原料年份：2019 年

树龄分布：50 年以上

采摘方式：混采

……

推荐人：坤土之木和呼吸有道

呼吸有道："啊，又是困鹿山的茶？难怪你说出乎意料，还真是出乎我的意料。"

花间一壶一副恍然模样："我说春秋小仙刚刚怎么是辛苦憋笑的样子，原来是这么回事。呼吸有道，这茶不是你推荐的嘛，怎么也出乎你的意料？"

呼吸有道："是我推荐不假，但没想到会在今天品啊。之前品了困鹿山一级古树茶，哪能想到紧接着又品困鹿山？这款茶树龄下限居然是 50 年，那肯定是有大树料的混采茶，你这个安排是什么玄机？"

花间一壶："这是有点怪，必定有什么缘故，呼吸有道，你应该能琢磨出来吧？"

呼吸有道："你真抬举我，我哪知道坤土之木怎么想的，不过可以猜一猜。之前是一级古树茶，紧接着是同一山头的混采茶，树龄不同片区也不同。嗯，这个安排应该是让大家了解普洱茶的复杂度，即便同一山头，也会由于树龄和片区的不同而形成不同风格。"

我不由得竖起了大拇指："一语中的！的确如此，我就是想让大家了解一下树龄等因素对茶的影响。这个片区的混采茶我喝了好几年，实不相瞒，与一级古树茶相比差距显著。我反复思考后，决定接着评价这款同一山头的混采茶，让大家进一步了解普洱茶的品质差异。"

话音未落，线上几位又开始经典表现：白眼与撇嘴齐飞，郁闷共哀声一片。我赶紧闭嘴，转而闭目调整呼吸，线上几位才安静下来。十个呼吸后，我长出一口气，随即开启今日的品饮之旅。

第一泡，闻香的关键时点，两款茶毕竟源于同一山头，香气保持了一致风格。虽然没有冰岛那么突出，但又比贺开等浓郁一些，浓淡适宜的状态。第一泡，苦涩均有，同样是中庸风格，既不浓烈也不微弱，与前一款一级古树茶风格相似。仔细品味，苦味相比涩味略明显。相比前款，这款茶的平均树龄明显小一块，茶汤饱满度略逊一筹，但也算不错。

第二泡，苦涩有所转化，但速度未达预期。茶汤饱满度有所提升，同时生津也出现苗头。茶气虽然柔和但稳健释放，后背隐隐出现温热感。

第三泡，苦涩进一步变淡，但仍然清晰。茶汤饱满度进一步改善，更趋圆润，甜度隐隐约约。可能是苦涩仍然还在的原因，生津效果倒是不错，茶汤咽下后，舌底和侧边的津液迅速涌出。茶气依然保持平而不淡、柔而不弱的姿态，从后背开始向肩部推动，有茶气入眼的效果，眼睛舒适度提升。

第四泡，苦涩转化明显，苦味明显趋弱，但涩味尚有一定强度，这应该是树龄偏小的原因。香气逐渐融入汤中，茶汤饱满度持续增强，尽管与一级古树茶相比差距明显，但总体还算不错。茶汤中的甜味可以清晰感受到，回甘生津也进一步强化。茶气进一步向身体各处扩张，头部两侧和后脑勺部位的温热感比较明显，额头开始出汗。此时的茶汤，开始呈现名茶应有的风范。

……

不觉到了第十泡，气香渐趋平淡，汤香依然清晰。回甘和生津的状态也同样稳健，生津力度不减。与此同时，茶气推动下热感绵绵，让人神清气爽。如果非要找出一个短板，就只能说茶汤饱满度稍有不足，涩度稍大，但这受制于海拔和树龄条件，这个表现实属正常。

喝到十五泡，茶汤入口满是淡淡甜味，十分舒适，这款茶的中后期表现算得上坚挺。

我觉得品饮过程可以了，便放下品茗杯："春秋小仙，辛苦你把数据抓紧整理一下。今天这一轮品饮的生茶环节就算收官了，经过这几个星期的演练，评价体系运用起来越来越熟练。当然，最大的意义是发现了一些问题，我这几周一边思考一边改进，现在评价体系看起来更可靠了一点。今天就到这里，下次该品评熟茶了。”

古树纯料好熟茶：从无量山到千家寨

地点：木子理茶舍

人物：坤土之木、呼吸有道、春秋小仙、花间一壶

面对面品茶！

生茶评价环节暂告段落，接下来对熟茶进行品评。

此前几次品鉴都是云上进行，几位茶客只能看不能喝，心情颇为郁闷。今天是见面品茶，都能尝到。原以为他们肯定会感觉很爽，没想到反应居然是这样：

“唉！生茶环节结束才叫我们来，看来就是不想让我们体验名寨啊！”

“今天的熟茶我们自己也有，虽说坤土之木泡的可能好喝一点，但毕竟都是很熟悉的茶。”

“96 分的超奢牛茶，为什么今天不喝一下？你准备什么时候让我们尝？”

我赶忙积极表态：“等熟茶评价完成，然后重点喝之前评过的几款茶如何？还有，我最近新入手了几饼干仓 7532，体感极好，也请大家一并品评。”

花间一壶：“好吧，算你正式答应了，过一段我们等着享受。”

呼吸有道的重心在茶上：“上周的困鹿山混采茶，分数如何？”

我连忙补充：“差点把这个重要事项给忘了，那款茶的分数还不错，进入了优秀茶品区间——82BBB。”

花间一壶：“分数可以啊，之前看树龄是 50 年往上，很担心能评多少分，因为这款茶我有一些。当时喝觉得不错，价格又公道，所以就买了一

小堆，今天这个分数就放心了。隆重说一下，不少喝过这款茶的茶友也都觉得品质不错，现在有评分了，我以后要跟大家炫耀一下。言归正传，今天品茶开始前我要先问个问题，现在已经到夏至了，大热天喝熟茶会不会太热了？”

我笑了：“哈哈，花间一壶，你的问题往往很刁钻，幸好这个问题我能回答。夏至节气肯定是热，人们直觉上想喝凉的来消暑，比方说新生茶新白茶，尤其是白茶凉而不寒，效果更好。但是夏天若只想吹空调、喝冷饮，那就不妥了。为什么不支持空调冷饮？中医的理念，夏天是阳气外越的季节，就是阳气会向体表发散，加上气温本来就高，两者叠加会让人觉得很热。中医讲得是动态，阳气向体表发散的结果是体内阳气相对空虚，这时吹空调、喝冷饮看似降温舒服了，但会让寒气在体内潜伏下来，假以时日会成为得病的根源。”

“中医角度看祛暑，凉性食物相对安全，寒性食物则应回避。最有意义的应当是促进气血循环，让毛孔打开发汗，把暑热之气带出体外。长期在办公室吹空调的人，毛孔往往是闭塞的，暑热排不出去，就可能更想喝冷饮。而冷饮喝得越多，体内越寒，这就会形成恶性循环。”

“因此建议多喝茶气足的新茶来祛暑，当然最好是一年以上寒气已退的茶。如果体内已有内寒，光喝新茶还不够，还得想办法温中驱寒。对了，你们听说过夏至吃羊肉吗？这是一种非常好的养生手法，类似于冬病夏治，可以将阳气送入身体驱除潜藏寒气，降低以后得寒症的风险。如果用茶来温中的话，那肯定就是熟茶或者老生茶。”

花间一壶反应很快：“明白了，你认为现在虽是炎炎夏日，但熟茶也是不错的选择，可以把阳气送入体内驱寒，还可以出汗祛暑！”

我欣然点头：“对了，就是这个意思。所以我经常建议大家越到夏天越要喝熟茶，汗出得越多越好！今天我们喝的是拼配款熟茶——五行和蕴，茶气十足，有助发汗。”

呼吸有道提了个关键问题：“坤土之木，你说过在品鉴评价时虽然允许别人参与，但最多不超过两人，可是我们今天来了三个，是不是不太合适。”

话音未落，春秋小仙已经翻着白眼说上了：“别算我！坤土之木给我强调了，今天我仍然是助手，就是负责记录分数，不跟着喝茶，偶尔喝一杯可以。真正跟着品茶的只有你们两位，人数上没问题。”

花间一壶：“那有点不好意思，这样吧，下次品鉴我替换你当助手，你坐过来喝茶。”

春秋小仙：“行，就这么说定了！老规矩，我还是先通报一下茶品的基本情况。”

茶品名称：五行和蕴

生产厂商：某某某某

所属茶山：无量山镇沅片区、景东片区

行政隶属：云南省普洱市

海拔高度：1800 米以上

年降水量：1500 毫米

原料年份：2015 年

古树树龄：200—300 年

采摘方式：混采

……

推荐人：三宝和生姜

花间一壶目光锐利：“这个茶为什么不是哪个村寨的？而是片区的概念?”

我点头赞赏：“厉害，发现关键点了。生茶讲山头村寨，这没错。但熟茶一般不划分这么细，熟茶有渥堆发酵这一步关键工艺，会把鲜叶层面的很多特质转化掉，加上熟茶发酵动辄要几吨十几吨地放在一起，小山头一共也产不了几吨古树茶，往往要几个山头混料才行，单一山头的概念没有那么重要，台地茶另当别论。原则上，只要基本内质相似的同片区茶叶，都可以放在一起渥堆，品质也比较一致。加上我们这款五行和蕴本身就是五山拼配，就更不能强调哪一个山头了。”

花间一壶若有所悟：“啊，你这么说还真是。熟茶强调自己是哪个山头的好像是不太多，多数是笼统讲产区或者片区，原来是这个缘故。有道理，熟茶又讲量又讲工艺，跟生茶的逻辑不太一样。”

我点点头：“是的，有这么一个说法——生茶讲山头，熟茶论工艺。

好了，就聊到这里，我开始泡茶。”

8 克，200 毫升中品老紫泥壶。

熟茶对水温的要求高，银壶煮水在这一点上的优点同样突出。平常如果没有银壶，就需要在电水壶旁再配一个提温用的陶壶，把水煮两遍才行。

五行和蕴的外形大家都很熟悉，温壶的同时大家传看了一遍茶荷，是熟悉的样子。

第一泡，热嗅公道杯再温嗅品茗杯，还有些许渥堆味道，但已不算显著，其中又隐隐透一丝甜香。我静心感受，发觉茶气直奔脾胃而去，果然是温中的方向，有西医靶向的味道。

第一泡，堆味尚有余味，汤香略有释放，甜度相对清晰，醇厚感不错但稍显紧张，滑度同样未展开。

第二泡，堆味若有若无，汤香开始清晰，甜度有所提升，醇厚感有所改善但不够舒张，滑度有所提升。茶气有从身体中部向外扩散的趋势，既有向上升发的走向，也有向腿部推动的走向。

第三泡，堆味基本褪去，汤香浓郁诱人，甜度愈加显著，茶汤醇厚饱满，入喉顺滑舒适。茶气感受更加充分，头部气感明显，额头温热略有细汗，膝盖处也开始有温热感。茶气行走与生茶最大的不同是，熟茶茶气显然是在身体更深的层面运行，不像生茶更多在体表浅层。

……

随着泡数的增加，这款茶在茶汤滋味和茶气体感两个方向上不断提升，滋味上的香甜醇厚滑逐渐鲜明，茶气入体的温煦感持续发散，推动身体不断发汗。此时的我们，虽然汗出不停，但体内湿闷感已然消退，身体轻松舒适。品熟茶与品生茶的风格大有不同，必须用两种指标体系才能准确反映茶品质量。我逐泡向春秋小仙报出指标数值，后续的图表工作将会为我们呈现一个动态的茶汤走势。

受树龄因素影响，五行和蕴耐泡度稍有不足。十泡之后，茶汤状态逐渐回落，十三泡时茶汤开始以甜为主，我便决定改泡为煮。煮茶对于熟茶或者老生茶来说，是必不可少的一个步骤。

煮茶壶中沸腾而出的热气带着香气向空中散发，渐渐满屋都是糯香混合枣香的浓郁香气，令人愉悦。煮过的茶汤入喉，汤香和顺滑度明显提升，茶汤入喉堪称丝滑。各指标评分又一次向上提升，趋势图会呈现反转走势。连续煮了三次，茶汤状态开始下滑，煮茶随即结束。

春秋小仙："你们喝爽了吧，该给我泡点了。你的指标又多，每一泡都有那么多数字要记录，本来想找空挡喝几口，结果就没有机会。"

我赶紧取过一个飘逸杯："来，正好紫砂壶泡过后，还有个便捷茶具对比程序。这下我专门给你泡，你们两位也可以跟着对比一下。"

飘逸杯无愧便捷称号，很快茶就出汤，我殷勤地分了三杯给大家。呼吸有道奇怪："你怎么不给你自己也倒一杯？"

我摇头轻笑："这款茶是我平常的口粮茶，忙的时候都是用飘逸杯来泡，口感我熟得很，不用再确认了。"

春秋小仙："味道还可以啊，感觉比我用紫砂壶泡的效果也不差啊。"

话音未落，只听花间一壶扑哧一口差点没把嘴里的茶汤喷出去。春秋小仙纳闷了："怎么反应这么大，我说错什么了吗？"

花间一壶把茶汤咽下去缓了缓才开腔："飘逸杯效果跟刚刚紫砂壶的效果，区别不是一点半点，估计有三四成的差距，口感明显下降。我正感慨差别好大，结果你说泡得挺不错，就一下没忍住……"

春秋小仙转头看向呼吸有道，呼吸有道也强忍着笑："是这么回事。"

春秋小仙郁闷了："鞭打快牛，奖惩不明。就我在干活，然后还只能喝这个水平的，太让人不爽了。不过，我真觉得你用飘逸杯泡得不错啊，难道是我自己泡茶的状态不行？"

后面还有一道茶，我得做好安抚工作："怎么能让你白干活呢，今天我给你准备了一个神秘小礼物，原本是想等茶会结束给你惊喜的。看你这样，就先剧透一下，是什么我先不说，应该会让你满意。"

春秋小仙劲头上来了："哈哈哈，太好了。我就觉得你不能让我白干活，原来还是有奖励的。我已经喝了几大杯，状态可以了，赶紧开始下一道茶吧。"

经过这一阵闲聊，我也觉得放松下来了，便点头同意泡下一道茶。春秋小仙见状又喝了一口茶，向大家通报第二款茶的基本情况：

茶品名称：无量山早春

生产厂商：某某某某

所属茶山：无量山镇沅片区、景东片区

行政隶属：云南省普洱市

海拔高度：1800 米以上

年降水量：1500 毫米

原料年份：2013 年

古树树龄：500 年以上

采摘方式：挑采

无量熟茶

推荐人：三宝和坤土之木

呼吸有道心情不错："哈，居然是 2013 年早春！这款茶到今年算是有 9 年茶龄了，当年没想到这茶会这么受欢迎，留得太少，现在买有点小贵。这款茶我手里没剩多少，近两年都没舍得喝，今天正好借机解解馋。"

春秋小仙："估计这一道茶我又喝不上了，这个打击更大。我忍不住琢磨等会儿会收到一款什么礼物，会是一款牛茶吗？但应该也不会太牛，毕竟这个工作量不算大。"

我笑着摇摇头："好了，别纠结了，这道茶喝完你不就知道了？我们开始品茶。"

这一道茶同样按照标准流程进行，仍然以闻香打头阵。先热嗅再温嗅，之后冷嗅公道杯。毕竟这款茶早了两年，并且最近一年一直处于撬散醒茶状态，渥堆已基本褪去，入鼻是一股淡淡焦香。我对焦香的味道很来劲，就多闻了一会，借机感受茶香入鼻之后的走势变化，果然茶气也是直奔脾胃，熟茶的基本功能有一致性，尤其同一个片区的茶品。

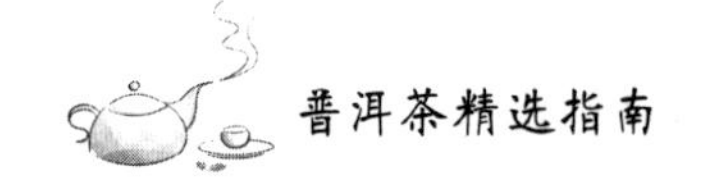

前三泡，堆味从若有若无到消失无踪，茶汤从焦香慢慢过渡到枣香，甜度逐渐上升，茶汤醇厚且化感十足，入喉丝滑顺爽。与此同时，茶气从脾胃向四周扩散，腰腹率先温热。相比前一款茶，茶气虽然纯正有力但浑厚程度不够突出，这应该是缺少拼配的缘故。

从第五泡开始，茶汤开始释放糯香，茶汤甜度保持稳定，醇厚饱满，茶汤入喉的顺滑有如天鹅绒一般。茶气扩散至全身，后背温热，额头细汗，气感走到了双足。关键一点，茶气走行要比前一款更为宽广且更温和，这显然是更大树龄才有的效果。

……

第十泡，香甜醇厚滑的感受仍然保持高境界，但却不再是关键点，茶气与体感成为核心。此时的茶气不断向双足方向汇聚，腰腹及双腿都保持温煦。再仔细体会上半身，之前在头胸部堆积的温热已不再显著，显得十分绵柔。全身有一种近似温泉的感觉，腰腹双腿温煦，上身轻松舒适。体感！才是喝古树普洱茶最大的享受！

……

同样十三泡后改泡为煮，煮出的茶汤果然又不一样，不论汤香、甜度还是厚度，都明显高出一筹。

煮茶汤的指标分数随即报出，春秋小仙记下后兴奋地合上记录本，显然分数令她十分满意。与此同时，这款茶的品饮也宣告完成。

随后大家都进入安坐养神的状态，我也乘机闭目休整，这是一个非常舒适的状态，也是品茶时特别享受的环节。

稍后，我从沉静状态中恢复过来，摇头晃脑一番后伸了个大大的懒腰，果然觉得身体轻松了一些。紧接着，我悄悄取出一个有点卡通的小小茶饼，满面笑容递给了春秋小仙。春秋小仙接过一看，刚要出声就赶紧用手捂住了嘴巴。呼吸有道眼尖："这是坤土之木给你准备的神秘礼物吗？怎么看着像今天的2013年无量山早春啊。"

春秋小仙笑逐颜开，把手中小茶饼举了起来，只见茶饼上印着三个字："无量山！"正是今天品饮的第二款茶，不过是一个精致的100克小饼。

花间一壶："哇塞，羡慕嫉妒恨！早知我也申请当助手了。"

我接上话头："以后还会品评更多的茶，你当助手的机会不会少。好了，今天的品茶就到这里，谢谢大家。评分结果明天揭晓。"

一夜无话。

第二天一早醒来，就发现"云品茶"群里消息不断，原来都是催问昨天两款茶的评分结果。

我知道这种等待的感受，马上在群中回复："评分结果如下：五行和蕴 2015，88AAB；无量山早春 2013，93AAA。这两款茶都是罕见的好熟茶，建议大家日常多多品饮。"

虽说历时仅一年有余，实则依托十余年经验，一个站在消费者视角的普洱茶评价体系悄然完成。希望这个初创的消费者评价能够继续发展完善，有朝一日成为大家精选普洱茶的好帮手。

后　记

作为《普洱茶观察笔记》的续篇，《普洱茶精选指南》时隔三年问世，速度略超预期。

前作付梓，我便决定择机续写一部进阶读物，但何时为机不知道。2021 年下半年，出差急剧减少，品茶机会猛增，各种心得不断涌现，兴致所至我便开始创作。工作仍然繁忙，因此只能利用点滴时间信马由缰写上几段。2022 年上半年，因新冠疫情居家近百天，静心品茗之余，写作倒是步入快车道。

写进阶版的想法来自普洱茶经典矛盾——价值大而选茶难。为深度理解普洱茶魅力，我认真琢磨了不同国家和民族的茶类偏好，发现茶类偏好基于饮食结构——普洱茶与肉类摄入量高度正相关。随着我国居民肉类摄入水平的持续提升，普洱茶的未来发展空间将难以估量。然而，普洱茶价值凸显的另一面是复杂的知识体系，若不能跨过选茶这个门槛，普洱茶再好也和大众无缘。我由此萌生一个想法：把普洱茶品质判断的知识体系整理出来，帮助大家选茶。

随后，我和呼吸有道、花间一壶、春秋小仙、旭日东升、虚室生白等茶友进行了多次讨论。他们不仅认同这个想法，更提供了一个关键思路——大多数人无需成为专家，掌握一个简便快捷的选茶指南可能意义更大。二十年的投资理财行业经历，叠加多年葡萄酒品鉴经验，让我在一瞬间想到了解决方案——第三方消费评级。选择基金，我们有基金评价体系；选择葡萄酒，我们有葡萄酒评分体系。选择普洱茶也可以有一个评价体系，一个由分数表达的品质定位，必然能让大家轻松运用。普洱茶品质知识及其评价框架，共同构成了本书主体。

创作过程中，泉慧、川普、清澄、小米粥和茶小二等“大拿”提供了极为关键的技术支持和专业指导，从而保障了本书的专业水准。没有他们的参与和帮助，本书完成是难以想象的，在此表示特别感谢！

谨以此书献给我的师长、茶友和家人！

坤土之木

2023年元旦